우린 너무
　　쉽게 불행하고

　어렵게 행복하지

우린 너무
쉽게 불행하고

어렵게 행복하지

이정 지음

달콤북스

기다리는 사람에게
행복은 찾아오지 않는다

아프리카의 어느 한적한 고원, 한 무리의 갈색 늑대가 들판을 어슬렁거리고 있다. 사냥감을 물색한다기엔 다소 느긋한 걸음으로 푸른 들판을 가로지른다. 얼마 지나지 않아 그들의 눈앞에 화려한 노을빛 꽃의 물결이 펼쳐진다. 갈색 늑대들은 노을의 한가운데로 뛰어든다. 그리고 만개한 꽃의 꿀을 어린아이처럼 나누어 먹기 시작한다.

우리의 상식으로 보기엔 어색한 풍경이다. 육식동물인 늑대가 꽃의 꿀을 먹는 광경이라니. 그런데 이 풍경은 2024년, 영국 옥스퍼드 대학 산드라 라이Sandra Lai 교수의 생물학 연구팀이 실제로 관찰한 것이다.

소위 '꿀 먹방'의 주인공은 바로 에티오피아 늑대 Ethiopian wolf다. 아프리카 에티오피아에서 500마리 미만이 생존하고 있는 멸종위기종으로, 매년 여름과 가을에 걸쳐 만개하는 '포커꽃Poker Flower'의 꿀을 먹는다. 포커꽃은 붉고 노란 색감이 마치 노을처럼 어우러진, 달콤한 꿀이 가득한 꽃이다.

산드라 라이 교수는 해당 지역의 주민들에게 이 늑대들이 꽃의 꿀을 핥아 먹는다는 이야기를 듣고, 이를 직접 확인하고자 했다. 고요한 들판에서 숨을 죽인 채 얼마나 기다렸을까. 포커꽃이 만개한 들판에 유유자적 나타난 에티오피아 늑대 무리는 실제로 1시간 30분가량 그곳에 머무르며 꿀을 핥아 먹었다. 마치 미소를 짓는 듯한 표정으로 말이다. 심지어 어린 늑대를 꽃밭으로 데려오는 어른 늑대도 있었다. 주둥이에 노란 꽃물을 들인 크고 작은 늑대들은 평화롭고 행복해 보였다고 한다.

연구자들에 의하면 늑대에게 꿀은 영양상 큰 도움이 되지 않는다. 늑대는 육식동물이므로, 1시간 30분이라는 긴 시간 동안 꿀을 핥는 것보다 사냥을 하는 것이 생존에 더 큰 이득이다. 그런데 왜 늑대는 무리의 어린 늑대까지 데려와 들판에서 꿀을 먹은 것일까?

전문가는 이 행동을 식물과 동물 사이의 수분受粉, 즉 꽃의 수술과 암술을 만나게 하는 과정으로 해석할 수도 있지만, 다른 한편으로는 늑대가 꿀을 달콤한 디저트로 즐긴 것으로 해석할 수도 있다고 얘기한다. 사냥과 생존, 무리 보호에 헌신한 후 잠깐의 달콤한 휴식을 선택했다는 것이다.

우리의 팍팍한 삶에 필요한 것이 바로 이런 것이지 않을까? 생존을 위해 분투하는 일상에서 잠시 숨을 돌릴 수 있게 해주는, 달콤한 행복의 조각들 말이다.

그러나 행복의 조각을 손수 찾아 음미하는 에티오피아 늑대와 달리, 우리는 주로 불행의 조각을 성실히 모은다. 아침에 커피를 쏟았다는 이유로, 엘리베이터를 코앞에서 놓쳤다는 이유로, 야근 중인데 친구가 SNS에 여행 사진을 올렸다는 이유로 불행을 느낀다. 작디작은 불행을 차곡차곡 마음의 가방에 담다 보면 가방은 어느새 무겁게 가득 차고, 결국 '이 삶은 버겁고, 의미 없고, 불공평하다.'라는 결론에 이른다.

반면 행복의 조각은 그리 쉽게 손에 잡히지 않는다. 일상의 환기를 목적으로 큰돈을 치러 여행지에 갔다고 하자. 완벽한 날씨와 새로 산 옷, 근사한 장소가 모두 갖춰져도 '뭔가 부족한데….'라는 생각이 우리를 짓누른다. 도리어 여행지의 바가지 물가, 시큼하고 짠 음식에 인상을 찌푸리게 된다. 온갖 수모를 겪으며 모은 돈을 탈탈 털어 이 먼 곳까지 왔건만…. 이곳에 오면 행복만 할 줄 알았건만…. 불행은 속전속결인데, 행복은 이리도 더디고 어렵다.

누구에게나 그렇듯 나 역시 행복이 늘 어려웠고, 마땅한 답을 찾고 싶었다. 그래서 꿀을 먹는 늑대처럼, 언뜻 보기엔 이해할 수 없는 행위를 하지만, 그 안에서 행복을 느끼는 존재들을 연구하기 시작했다. 친구랑 놀 때 일부러 져주면서 즐거워하는 강아지, 프링글스 통

속에서 영면하기를 선택한 남자, 화성 탐사 로봇에게 생일 축하 노래를 불러준 NASA의 엔지니어들 등등. 그리고 이 행위들의 답을 찾는 과정에서 '행복'에 관한 아주 중요한 힌트를 정리할 수 있었다.

이 책에는 내가 수집하고 정리한 수많은 이야기 중 77가지의 가장 엉뚱하고 재미있으며, 때로는 감동적인 이야기를 골라 수록했다(이 책이 당신의 행운이자 행복이 되었으면 하는 바람을 담아 글의 개수를 77개로 맞춘 것을 알아차렸다면, 당신은 벌써 행복에 한 발짝 다가간 것이다).

만약 당신이 요즘 되는 일 하나 없는 듯한 일상을 살고 있다면, 혹은 요즘 인생에 웃을 일이 별로 없다고 느낀다면, 단언컨대 이 책에 담긴 귀엽고 다정한 이야기들이 분명 도움이 될 것이다. 그 이야기들이 나에게 웃음을 선물했듯이, 내 삶을 바꿨듯이 말이다.

들판에 철마다 자연스럽게 피어나는 꽃에서 달콤한 행복을 발견한 늑대처럼, 우리는 행복을 향해 숨차게 달릴 필요가 없다. 행복은 당신의 시선이 닿는 모든 곳에 이미 깃들어 있기 때문이다. 그리고 이 책에 담은 이야기들이야말로 당신이 술래로 참가한 행복 숨바꼭질에서 승리할 수 있도록 제대로 도울 것이다. 최소한 웃을 일 하나 없는 일상에 잠깐의 미소라도 선물해 주리라 믿는다.

우린 그동안 너무 어렵게 행복해왔고, 너무 많은 행복을 지나쳐왔다. 이제 당신이 더 쉽고 자연스럽게 행복을 발견하는 데 이 책이 도움이 되길 바라며, 이야기를 시작해 보자.

···· 차례 ····

········· 1장 ·········

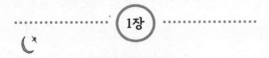

소중한 것들을
너에게 줄게

다정한 마음을
너에게 줄게

3장

확실한 행복을
너에게 줄게

4장

빛나는 하루를
너에게 줄게

5장

영원한 사랑을
너에게 줄게

1장

—

소중한 것들을
너에게 줄게

❋✳

귀여운 건
깨물어주고 싶다

아주 귀여운 것들은 우리 마음을 이상하게 만든다. 혀를 조금 내놓은 하얀 강아지, 방글방글 웃는 아이의 볼, 오동통한 아기 엉덩이가 그렇다. 사람은 귀여운 것에 사랑을 쏟기 마련이지만, 반대의 마음도 생긴다. 엄마가 귀여운 아이의 엉덩이나 볼을 꼬집고 싶은 충동에 시달리는 것처럼 말이다. 사랑스러운 강아지를 꼭 안아서 꼼짝 못 하게 만드는 사람도 많다. 둘 다 상대를 아프거나 불편하게 만드는 모순적인 행동이다.

심리학에서는 귀여운 대상을 괴롭히고 싶은 마음을 '귀여운 공격성cute aggression'이라고 부른다. 눈앞에 놓인 사람, 동물, 사물의 귀여움이 말로 표현할 수 있는 한계치를 넘어섰을 때 이런 감정을 느끼게 된다. 사람은 극도의 감정을 느끼면 오히려 반대 행동을 하기 때문이다. 견딜 수 없이 기쁜 일이 생기면 눈물을 펑펑 쏟고, 오래 헤어졌던 아이를 만난 엄마가 기쁨을 참지 못하고 울어버리는 것처럼 말이다. 반대로 견딜 수 없이 화가 나고 어이없는 일이 터졌을 땐, 분노하기보다는 '허허허' 해탈의 웃음을 터뜨리게 된다.

귀여운 것도 마찬가지다. 참을 수 없이 귀여운 것을 보면 공격적으로 괴롭히고 싶어진다. 주로 어린 동물이나 아기가 그런 이상 감정을 일으킨다. 귀여운 것을 보고 이성을 잃었다면, 그것은 내 잘못이 아니다. 지나치게 귀여운 상대가 내 정신을 다 뒤집어놓은 탓이다.

미국의 심리학자인 UC 리버사이드 대학 캐서린 스타브로풀로스Katherine Stavropoulos 교수는 이 현상의 원인을 밝히고 싶어했다. 그래서 '왜 사람들은 귀여운 것

귀여운 건 깨물어주고 싶다

을 보면 깨물고 싶어할까?'를 주제로 한 귀여운 연구를 진행했는데, 결론은 다음과 같았다. 사람이 아주 귀여운 걸 보았을 때 이로 깨물고 싶어지는 건 우리 뇌가 시키는 일로, 구강에 자극을 주어 사람이 정신을 차리게 하기 위해서라는 것이다.

너무나 귀여운 아기가 눈앞에 있다고 가정해보자. 엄마와 아빠는 넋을 놓고 아기에게 빠져들 텐데, 그 상태가 지속되면 아기가 위태로워진다. 몽롱한 정신이 되어 버린 부모는 식사를 만들거나, 주변에 위험한 물건은 없는지 경계하는 등 아이를 건강하게 양육하는 데 필요한 이성적인 행동을 하지 못하기 때문이다.

이때 뇌가 개입해서 귀여움의 감동을 깨버린다. 깨물거나 꼬집고 싶은 마음이 들도록 하는 것이다. 실제로 엄마가 아기의 엉덩이를 꼬집었다고 하자. 깜짝 놀란 아기는 울거나 얼굴을 찡그릴 것이고, 그 즉시 귀여움의 최면이 깨진다. 이제 부모는 정신을 차린다. 아기의 생존을 위해 밥이나 따뜻한 잠자리를 마련하고, 아기의 주변 환경을 살필 정신이 드는 것이다. 요컨대 뇌

의 공격 명령은 '너무 귀여워도 정신을 잃지 말라'는 뜻
이다. 달리 말해서 "어이, 뭐 하니? 정신 차리고 밥 해
줘야지!"라는 명령이다.

귀여운 것들은 사람 정신을 몽롱하게 만드는 힘이
있다. 귀여운 강아지와 새끼 고양이, 예쁜 아기가 그런
힘을 가지고 있다. 사랑스러운 그들을 뜯어보는 데 하
루 종일 정신이 집중되어 있으면, 누가 그들을 보살필
까? 이제는 정신 차리고 다시 일상을 살아내야 하는
순간, 때마침 뇌가 우리를 깨워준다. 귀여운 것들을 꼬
집어서 울리라고 뇌가 지령을 내린다. 앙 깨물어서 귀여
운 얼굴을 찌푸리게 만들라고 지시한다.

우리에게는 참 신기한 뇌가 있다. 우리가 얼빠진 상
태로 있으면 앞장서서 깨워준다. 덕분에 우리는 귀여운
것들 앞에서도 정신을 차리고 헤어나와, 사랑스러운 녀
석들과 나의 행복을 위해 하루를 살아갈 수 있다.

✳✳

개를 사랑할 수밖에
없는 이유

빙하기 끝자락, 거칠고 척박한 유럽에서 부족원들과 사냥에 나섰던 한 사냥꾼이 부상을 당하고 낙오된다. 혼자 살아남으려 애쓰던 그는 우연히 무리에서 쫓겨난 늑대와 마주친다. 외로운 늑대에게서 자신의 모습을 투사한 그는, 자신의 생명을 위협할지도 모를 늑대를 굳이 죽이지 않고 내버려두었다. 그리고 늑대도 그런 사냥꾼을 해치지 않았다. 그 후 늑대와 사냥꾼은 우정을 나누고 가까워진다. 강한 추위가 목숨마저 앗아가려 칼날을 들이미는 순간, 늑대와 사냥꾼은 서로의 온기를 무기로 척박한 땅에 따뜻한 발자국을 새겨 나간다.

이는 미국의 영화 〈알파Alpha〉의 내용이다. 늑대와 사람 사이의 우정을 보여준 이 영화를 관람하다 보면, 문득 야생의 늑대가 우리 곁의 개로 진화한 과정이 궁금해진다. 사실 늑대가 어떻게 개가 되었는지 정확히 아는 사람은 없다. 추정하기로는 약 3만 년 전부터 사람들이 늑대를 길들이기 시작했고, 긴 세월 동안 늑대의 유전자가 변형되어 현재의 개가 되었다고 한다.

생각해보면 3만 년 동안 아주 신기한 일이 벌어진 셈이다. 야생의 늑대는 말이나 소와 같은 가축으로 진화하지 않았다. 늑대는 개가 되었고, 개는 사람의 '친구'가 되었다. 사람에게 기쁨은 물론이고 존재의 이유까지 부여하는 동물이 개다. 자식이나 반려자와 같은 역할을 하는 것이다.

친구나 가족의 역할뿐만 아니라, 개는 사람에게 교훈을 주기도 한다. 미국의 작가 존 그로건John Grogan은

개를 사랑할 수밖에 없는 이유

저서 《말리와 나Marley and Me》에서 개에 관해 이렇게 썼다.

"사람은 개로부터 많은 것을 배울 수 있다. 우리 개 말리처럼 좀 이상해도 그렇다. 말리는 나에게 충만하고 기쁨이 가득한 매일을 살도록 가르친다. 또한 삶의 모든 순간을 놓치지 않고 붙잡도록 가르치며, 마음을 따르면서 살도록 일러준다. 또 숲속 산책, 방금 내린 눈, 겨울 햇살 아래의 낮잠 등 단순한 것에 감사하도록 가르친다. 무엇보다 우정과 이타심 그리고 굳은 충성심을 우리 개가 나에게 가르쳐준다."

개에게서 배울 수 있는 것은 또 있다. 개는 삶에 만족할 줄 안다. 같은 음식을 두 번만 먹어도 질려 하는 사람과 달리, 개는 평생 같은 음식을 먹으면서도 매번 기뻐한다. 또, 개는 사람을 무조건적으로 사랑해준다. 사람은 타인의 외모, 재산, 성격, 취향을 모두 평가하지만, 개는 그와 관계없이 사람을 소중히 여긴다. 또한, 불안한 내일을 걱정하는 데 시간과 마음을 낭비하는 사람과 달리 개는 내일을 걱정하는 일에 삶을 낭비하지 않으며, 남 탓을 해서 관계를 망치지도 않는다. 우리는 이토록 개에게 배울 점이 많다.

그렇게 개는 예쁘고 착하다. 사람들에게 행복은 물론이고 삶의 교훈까지 주는 대단한 동물이다. 이쯤에서, 그런 개에게 사랑받는 우리도 칭찬해주면 어떨까? 사람은 이토록 따뜻하고 현명한 개와 3만 년 동안 친구였다. 친구를 보면 그 사람을 알 수 있다고 했다. 다정한 개를 3만 년 동안 아껴주고 사랑해온 우리도, 개에게 사랑받아온 우리도, 어쩌면 꽤 괜찮은 존재가 아닐까.

개를 사랑할 수밖에 없는 이유

*＊

침팬지도
친구와 술을 마신다

침팬지는 사람과 많이 닮았다. 도구를 쓰는 것뿐만
이 아니다. 힘든 타인을 도울 줄 알고, 때로는 친구들과
술판을 벌이는 게 사람과 비슷하다.

침팬지와 함께 있던 한 사람이 그릇을 열다가 뚜껑
을 바닥에 떨어뜨렸다. 떨어진 뚜껑에 손이 닿지 않아
서 쩔쩔매던 그를 옆에서 지켜보던 침팬지 한 마리가
의외의 행동을 한다. 뚜껑을 집어서 사람에게 준 것이
다. 아무런 보상이 없는데도 사람을 도운 셈이다. 이는

독일의 심리학자 펠릭스 워네켄Felix Warneken이 2007년 진행한 실험에서 관찰된 침팬지의 선한 행동이다. 실험에서 확인한 바에 따르면, 침팬지는 사람뿐만 아니라 동료 침팬지도 비슷한 방식으로 도왔다.

침팬지에게는 어려운 상황에 처한 남을 도우려는 마음이 있다. 요청이 없고 보상이 없어도 그렇게 한다. 사람과 비슷하다. 어려움에 처한 사람에게 손을 뻗어 돕는 건 사람에게도 본능에 가깝다.

또한, 사람이 일과 후 친구들과 술자리를 통해 그날의 회포를 풀듯, 침팬지들도 친구들과 모여서 술을 마신다. 취한 후 행동이 각양각색인 것도 사람과 닮았다. 취해서 조용히 자기 집으로 돌아가는 침팬지도 있지만, 어떤 침팬지는 술기운을 이기지 못하고 날뛴다.

2015년 포르투갈 인류학 연구 센터의 킴벌리 호킹스Kimberley Hockings 박사를 비롯한 인류학자들이 침팬지의 음주 문화에 대한 논문을 발표했다. 논문에 따르면, 아프리카 기니의 침팬지들은 자연 발효된 수액을 마신다. 수액에는 약 3%의 알코올이 들어 있으니, 마시

침팬지도 친구와 술을 마신다

면 취하게 되어 있다. 침팬지마다 마시는 양이 달랐는데, 애주가 침팬지는 와인 한 병 분량의 알코올을 섭취하기도 했다.

침팬지들은 보통 여럿이 함께 나무 위에 올라가서 술을 마시고, 술을 마시기 위한 도구도 만들어서 사용한다. 스펀지처럼 흡수력을 갖게 될 때까지 나뭇잎을 씹은 후 수액을 찍어서 먹는 것이다.

한 잔 두 잔 홀짝이다가 술에 취하고 만 침팬지들은 들뜨거나 꾸벅꾸벅 졸기 시작했다. 술자리가 끝난 후 대부분의 침팬지는 자신의 잠자리로 조용히 되돌아갔지만, 어떤 침팬지는 이 나무에서 저 나무로 옮겨 다니고 날뛰면서 불안정한 모습을 보였다.

늦은 밤 도시의 길거리에도 비슷한 사람들이 많다. 아마 힘든 일이나 고민 때문일 것이다. 대단한 욕심을 가질 것은 없다. 친구들과 서로 돕고 가끔 모여 음주도 즐기면 거의 완벽에 가까운 삶이 아닐까. 그런 좋은 삶을 침팬지들이 살고 있다.

✳✽

까마귀는
반짝이는 것을 선물한다

사람은 고마운 사람에게 자신의 마음을 담은 물건을 선물한다. 하지만 선물은 사람만 할 수 있는 특별한 일이 아니다. 동물도 선물을 한다. 그중에서도 특히 까마귀는 고마운 이에게 예쁜 선물을 하기로 유명한 동물이다.

미국 시애틀에 사는 스튜어트 달퀴스트Stuart Dahlquist는 2019년 초반 세계 언론의 주목을 받았다. 까마귀가 자신에게 선물을 가져다주었다면서 사진을 공개한 것이 계기였다. 그의 가족은 몇 년간 까마귀 한 마리에게 매일 밥을 줬는데, 어느 날 까마귀가 작은 소나무 가지를 물어왔다고 한다. 살펴보니 가지에는 음료수 캔 고리가 반지처럼 끼워져 있었다. 까마귀는 반짝거리는 고리가 달린 나뭇가지를 다음날에도 가져왔다. 까마귀가 먹이를 준 사람들에게 정말 선물을 했던 것일까?

워싱턴 대학교의 생태학자 존 마즐러프John Marzluff는 음료수 캔 고리가 까마귀의 선물이 맞다고 주장했다. 조류 전문 매체〈오듀본Audubon〉과의 2019년 인터뷰에서 설명하기를, 까마귀는 생각보다 자주 사람에게 물건을 선물한다. 특히 자신이 보기에 반짝거리고 예쁜 것을 주로 선물한다. 열쇠, 귀걸이, 뼛조각, 돌조각이 까마귀가 가장 애정하는 선물인데, 하트 모양의 사탕을 받은 사람도 있었다고 한다.

까마귀는 호의를 베푼 사람에게 예쁜 물건을 가져다준다. 나의 친구와 가족도 그들의 마음을 담은 선물로 내 마음을 뜨겁게 한다. 선물하는 주체가 누군지에 관계없이 모든 선물은 감동적이다.

그렇다면 매일을 선물 받는 기분으로 살 수는 없을까? 한 화가의 사례를 참고하면 방법을 찾을 수 있다.

프랑스 화가 앙리 마티스Henri Matisse는 1941년 암 수술을 받는다. 합병증 때문에 거의 죽을 뻔했다가 기적적으로 회복해 14년을 더 살게 된 그는, 이것을 '두 번째 인생'이라고 부른다.

그는 수술 후 삶이 하루하루 선물이었다고 회고했다. "나는 해가 뜨는 걸 한 번 더 볼 수 있고, 일을 조금 더 할 수 있는 기쁨에 대해서만 생각했다. 매일 새벽은 나에게 선물이었다."라고 말했다.

우리도 매일 고마운 선물을 받고 있다. 다만 우리가 민감하게 느끼지 못할 뿐이다. 창문 너머로 은은하게 얼굴을 비추는 햇빛, 가슴을 기분 좋게 채우는 공기, 소중한 사람들이 조건 없이 주는 사랑, 힘든 날 내 어깨를 가볍게 두드려주는 온기가 모두 선물이다.

✱✸

시간을 붙잡는
유일한 방법

　요즘은 대부분의 사람들이 카메라 대신 스마트폰을 사용한다. 촬영된 사진은 내장 메모리나 클라우드에 수천, 수만 장도 저장된다. 인류 역사상 이렇게 사진을 많이 촬영하고 보관하는 세대는 없었다. 사진을 많이 저장하고, 틈날 때마다 꺼내 볼 수 있게 된 덕분에 현대인은 행복해졌다. 옛 사진이 행복 지수를 높여주기 때문이다.

　눈앞에 초콜릿과 와인과 옛날 사진이 놓여 있다. 어

느 것이 사람 마음을 가장 따뜻하고 편안하게 만들까?
영국의 심리학자 피터 내쉬Peter Naish 박사의 연구에 따
르면 초콜릿이나 와인보다 옛날 사진의 행복 효과가 더
높다.

우선, 사진을 보면 기분이 좋아진다. 초콜릿, 음악,
TV, 알코올 등도 기분을 좋게 만드는 효과가 있지만 사
진이 10배 정도 효과가 높다고 한다. 두 번째로 옛날
사진을 보는 것은 마음의 긴장을 풀어 주는 효과가 있
다. 와인의 긴장 완화 효과가 14%, 초콜릿의 긴장 완화
효과가 8%라면, 사진 감상의 긴장 완화 효과는 무려
22%다.

옛날 사진은 우리의 기분을 좋게 하고, 정서를 편안
하게 만든다는 말이다. 옛날 사진을 보면 저절로 미소
를 띠게 되고 마음이 따뜻해지는 경험을 누구나 해보
았을 것이다. 어린 시절 걱정 없이 해맑게 웃던 나의 모
습, 혹은 내 아이의 걸음마도 떼기 전 모습이 담긴 사진
은 마음을 아련하게 한다. 사랑의 추억이 담긴 사진은
묘하게 슬프면서도 감동적이다.

이는 아마 사진의 현실 대체 능력 때문일 것이다. 우리 마음속에서 사진은 현실을 대신한다. 돌아가신 엄마 사진을 보면 실제로 눈앞에 그리운 엄마가 있는 듯 착각하게 된다. 스마트폰 배경 화면의 연인 사진도 비슷한 효과다. 또 과거의 여행 사진을 보면 5년 전에 방문했던 여행지로 다시 걸어 들어가, 그곳의 분위기와 공기가 순간 나를 감싸는 느낌이 든다. 이처럼 사진은 과거의 시공간을 압축해서 저장하고, 사진을 보는 순간 그 시공간이 눈앞에 잠시 펼쳐진다.

우리는 흐르는 시간을 잡을 수 없고, 우리의 기억 역시 시간을 타고 빠르게 휘발되지만, 소중한 순간을 사진이 우리 대신 기억해준다. 우리는 사진을 통해 이미 지나가 버린 그날 그때의 풍경과 감정을 어렴풋하게나마 다시 느낄 수 있다. 그리고 그 희미한 행복으로 삶의 의미를 되새길 수 있다. 유치하게 느껴지더라도 매 순간 사진을 찍어두어야 하는 이유다. 사진은 지나가는 순간을 붙잡을 수 있는 유일한 수단이다.

❋✳

돌고래는 서로를
이름으로 부른다

무리 속에 있을 때, 누군가가 내 이름을 불러주지 않으면 내심 서러워진다. 반대로 내가 누군가의 이름을 불렀는데, 그가 대답하지 않으면 슬며시 화가 난다. 서로 이름을 부르고 대답하는 것이 의사소통의 기본이기 때문이다. 그런데 바닷속 돌고래들도 그렇게 소통한다는 사실을 알고 있는가?

돌고래는 빠르게 헤엄치면서 높은 휘파람 소리를 내는데, 그 소리는 돌고래 수만큼 다양하다. 열 마리가

돌고래는 서로를 이름으로 부른다

있다면 열 가지 소리가 들린다. 그런데 돌고래를 자세히 관찰해보면, 한 돌고래가 휘파람 소리를 낸 뒤 다른 돌고래 한 마리가 똑같은 휘파람 소리를 따라 낸다는 사실을 알 수 있다. 한 돌고래가 "휘이익" 하면 다른 돌고래 한 마리가 "휘이익"이라고 따라 한다.

휘파람의 의미는 바로 '이름'이다. 한 돌고래가 다른 돌고래의 이름을 부르면, 이름이 불린 돌고래가 다시 자신의 이름을 반복해서 휘파람으로 불며, '들었다'는 의미를 전한다는 것이다. 사람으로 치면 "재석~"이라고 이름을 부르니까 "응, 재석이야~"라고 응답하는 것과 같다. 물속에서 앞을 잘 보지도, 냄새를 잘 맡지도 못하는 돌고래는 이렇게 소리에 의존해 친구가 어디에 있는지 확인한다고 과학자들은 설명한다.

돌고래는 각자 자신의 이름에 해당하는 고유의 휘파람 소리를 갖고 있는데, 그 이름을 지어주는 것은 바로 엄마 돌고래이다. 새끼 돌고래가 배 속에서 자라는 동안, 엄마가 새끼의 이름을 반복해서 부르며 학습을 시켜주는 것이다.

미국 해양 동물 행동 연구가인 오드라 에임스Audra Ames 박사의 연구 결과에 따르면, 엄마 돌고래는 배 속 새끼 돌고래에게 똑같은 휘파람 소리를 노래하듯 반복해서 들려준다. 이 행위가 바로 엄마가 새끼에게 이름을 지어서 알려주는 과정이라고 연구자들은 설명한다. 이를테면 사람 엄마가 배 속 태아에게 "재석아"라고 반복해서 부르며 이름을 알려주는 셈이다.

사람 아기가 자기 이름을 말할 수 있게 되듯, 새끼 돌고래도 생후 두 달이면 자신이 들었던 휘파람 소리를 낼 수 있다. 사람 아기가 타인이 자신의 이름을 물으면 "재석이"라고 말하는 것처럼, 돌고래 새끼도 언제 어디서든 "휘이익" 하면서 자기 이름 소리를 낼 수 있는 것이다.

또한 돌고래 엄마는 갓 태어난 새끼에게 엄마 자신의 이름을 의미하는 휘파람 소리도 자주 들려준다. 아이에게 엄마의 이름을 가르쳐주는 것이다. 이것은 생후 2주까지 계속되는데, 이 '엄마 이름 교육 기간'에는 주변 돌고래들도 일부러 자신들의 소리를 최대한 줄여,

돌고래는 서로를 이름으로 부른다

교육을 방해하지 않기 위해 조심한다고 한다.

　오늘 우리는 몇 사람의 이름을 다정하게 불러주었을까? 친구와 새끼와 엄마 이름을 틈날 때마다 부르며 마음을 전하는 돌고래처럼, 오늘은 "야", "당신", "저기"라는 말 대신 소중한 이의 이름을 불러주면 어떨까? 또는 가까워지고 싶은 사람의 이름을 용기 내어 다정하게 불러 보면 어떨까?

✽✻

한 남자가
프링글스 속에서 잠든 이유

    감자칩을 포장하는 방법은 크게 두 가지다. 첫째로 비닐봉투에 담는 방법이 있다. 하지만 비닐봉투에 담긴 감자칩은 무질서하게 섞이고, 봉투 안에는 빈 공간이 많아 파손 위험이 높아진다. 이 약점을 해결하기 위해 고안된 또 다른 방법이 바로 원통을 활용하는 것이다. 감자칩을 차곡차곡 쌓아 놓을 수 있어 공간 활용도가 높고, 먹기에도 편리하다. 파손 위험이 줄어드는 것도 물론이다. 이 원통 포장법으로 가장 유명한 것이 우리가 익히 알고 있는 '프링글스'라는 감자 스낵이다.

단순하면서도 효율적인 원통 포장법을 발명한 사람은 프링글스의 모회사 프록터 앤 갬블P&G의 연구원이었던 프레드릭 바우어Fredric Baur이다. 미국 오하이오 대학교에서 박사 학위를 받은 화학자였던 바우어는 튀김 기름이나 냉동 건조 아이스크림 등을 개발하는 데 기여했던 것으로 유명하고, 일에 대한 열정이 대단했다고 알려져 있다. 또 그는 상식을 깨뜨리는 데 주저하지 않았다. 획기적으로 편리한 물건을 발명하는 게 평생의 꿈이었다고 한다. 그 걸작품이 바로 프링글스였던 것이다.

바우어는 알츠하이머병으로 고통받다가 2008년에 사망했는데, 독특한 장례 방식 때문에 이목을 끌었다. 그는 사망 오래전부터 자신의 골분을 프링글스 통에 넣어서 묻어 달라고 요구했고 자녀들은 그의 유언을 실제로 따랐다.

프링글스 통에서 영면하겠다는 아버지의 말을 들은 자녀들은 처음엔 웃었다고 한다. 아버지가 농담을 하는 줄 알았던 것이다. 그러나 프레드릭 바우어는 진지했다. 프링글스는 그의 자부심이고 기쁨이었기 때문이다. 감자칩 통 속으로 들어가겠다는 말이 누군가에게는 우스갯소리로 들리겠지만, 프링글스는 그가 그의 삶을 통틀어 가장 뜨겁게 좋아했던 것이었고, 영원히 함께하고 싶은 인생의 상징이었다.

사람은 죽을 때 가장 소중한 것을 떠올린다. 우리는 못 견디게 사랑하는 것을 마음에 담고 떠나게 된다. 바꿔 말해, 죽어도 잊기 싫은 사람, 대상, 추억이 있다면 나는 그것을 진정으로 사랑하고 있는 것이다.

누군가에게 프링글스는 흔한 과자일지 모르나, 프레드릭 바우어에게는 그것이 사랑이었다. 이렇게 내가 가장 사랑하고, 가장 자랑스러워하는 무언가가 있다면 죽음에 가까워져도 외롭지 않다. 그 무언가는 남들이 보기에 대단한 것이 아니어도 좋다. 우리는 타인을 위해 무언가를 대신 사랑하는 일로 인생을 채울 필요가 없다.

한 남자가 프링글스 속에서 잠든 이유

✳✳

우리를 행복하게
만드는 눈물

눈물은 막무가내다. 막으려 해도 터지듯 흘러나온다. 기를 쓰고 참아봐도 소용없다. 내 어깨가 들썩이는 걸 사람들이 다 보게 될 것이다.

그런데 제멋대로인 눈물을 수호천사로 보는 사람도 있다. 일본 의과 대학의 유미하라 준코 교수는 "울음은 쌓이는 스트레스에 맞선 자기방어 행위"라고 말했다. 쉽게 말해, 스트레스가 누적되어 내 마음이 견딜 수 없을 때, 눈물이 구급대원처럼 출동해 스트레스를 씻어내고 내 마음을 보호한다는 것이다.

로마 가톨릭의 제264대 교황 요한 바오로 2세도 비슷한 생각을 말했다.

"화내는 것보다는 우는 게 낫습니다. 왜냐하면 화는 다른 사람에게 상처를 주지만, 눈물은 조용히 흘러서 마음을 깨끗이 해주기 때문이죠."

분노하고 소리치면 타인만 다치는 게 아니다. 나의 아픔도 커진다. 상대에게 상처를 주었다는 자책과 후회로 이어지기 때문이다. 그런데 눈물은 다르다. 남을 해치지 않으면서 내 마음을 치유해준다. 조용한 울음이 벼락 같은 분노보다 강하다.

또한 눈물은 용기와 힘도 솟게 한다. 미국의 정신과 의사 주디스 올로프Judith Orloff는 눈물이 슬픔과 피로감을 앗아간다고 말한다. 그는 환자들에게 힘들 땐 참지 말고 자주 울어버리라고 주문하는데, 울음을 터뜨린 환자의 마음은 금방 활력을 얻는다고 한다. 눈물을 흘리는 사람은 약해지는 게 아니라 반대로 용기와 힘을 되찾는 것이다.

우리를 행복하게 만드는 눈물

눈물이 우리를 다시 행복하게 한다. 스트레스는 눈물에 씻기고, 상처 난 자리에는 새살이 돋으며, 불순물이 걷혀 맑아진 눈으로 삶을 다시 바라볼 용기를 되찾을 수 있다. 슬픔은 사람을 파괴하지 못한다. 슬픔을 통해 사람은 더 강해진다. 또한 비 온 뒤 가장 맑은 하늘이 펼쳐지듯, 지금 울고 있다면 곧 웃음 지을 일이 찾아올 것이다.

*✳

함께 보낸 시간만큼
소중해진다

친구는 친밀도에 따라 세 가지로 분류할 수 있다. '그저 아는 친구', '가까운 친구', '진정한 친구'로 나뉜다.

회사나 학교에서는 웃으며 인사하지만, 그 사람이 뭘 좋아하고 싫어하는지 알지 못하고, 또 알아야 한다는 의무감도 없다면 '그저 아는 친구'에 속한다.

'가까운 친구'는 자주 만나 놀고 대화하는 사이다. 뭘 좋아하고 어떤 걸 싫어하는지에 관한 취향을 안다.

하지만 상대가 요즘 어떤 슬픔에 빠져 있고 무엇 때문에 괴로운지는 알지 못한다. 친밀하게 지내면서도 깊은 마음속은 숨기는 사이가 바로 가까운 친구이다.

'진정한 친구'는 여기에서 더 나아가, 마음속의 슬픔과 기쁨을 다 말하고 나눈다. 진정한 친구를 하나 만드는 것은 아주 어려운 일이다. 노력이나 정성도 많이 쏟아야 하겠지만, 무엇보다 시간이 오래 걸린다. 2018년 미국의 커뮤니케이션 이론가 제프리 홀Jeffrey Hall 교수가 대학생들을 대상으로 연구를 진행했는데, 주제는 '친구를 만드는 데 걸리는 시간'이었다. 연구 결과에 따르면, 친구를 만드는 데 소요되는 시간은 친밀도에 따라 확연한 차이를 보였다.

'그저 아는 친구'가 되려면 40~60시간을 함께 보내면 된다. 친밀도가 '가까운 친구'로 업그레이드되려면 약 2배 정도인 80~100시간 동안 교류해야 했다. 그리고 진정한 친구가 되기 위해 필요한 시간은 무려 200시간이었다. 한 번 만날 때 2시간씩 100번은 어울리고 대화해야 진정한 친구가 될 수 있는 것이다.

사람들은 자신이 어떤 노력을 하고, 얼마나 시간을
쏟아서 진정한 친구를 사귀었는지 까맣게 잊는다. 친
구가 하늘에서 뚝 떨어진 줄로만 안다. 하지만 친구는
오랫동안 서로 노력한 끝에 탄생시킨 작품이고, 오래
걸려 피워낸 꽃이다. 익숙함에 속아 소중함을 잊게 될
때, 그와 내가 함께 보낸 시간의 총량을 되짚어 보자.
그토록 오랜 시간 말도 많고, 탈도 많았던 내 곁에 있어
준 그에게 다시금 고마움을 느끼게 될지 모른다.

　　　　　함께 보낸 시간만큼 소중해진다

✳✳

사랑하는 사람의 얼굴은
진통제다

　중병을 앓는 엄마가 사랑하는 딸과 얼굴을 마주하면 통증을 잠시 잊는다. 격무에 시달리는 직장인은 집에서 자신을 기다리는 강아지 사진에 눈길을 주면 스트레스가 완화된다. 이처럼 사랑스러운 얼굴이 몸과 마음의 아픔을 잊게 만든다는 건 누구나 생활에서 경험한다. 과학자들은 이를 실제 연구를 통해 확인하기도 했다.

　미국의 심리학자 나오미 아이젠버거Naomi Eisenberger

는 실험을 통해, '사랑하는 사람의 얼굴은 마음의 상처를 씻어 준다'는 사실을 증명했다. 소중한 이의 얼굴이 우울과 불안 등을 치유한다는 것이다. 나아가 육체적 통증도 완화한다. 그래서 실제로 사랑하는 사람과 얼굴을 마주하면 머리가 아팠다가도 괜찮아진다고 한다. 사랑하는 사람의 얼굴이 몸과 마음의 병에 명약인 셈이다.

그런데 나를 버린 옛 애인의 모습은 반대 효과를 일으킨다. 내 마음뿐 아니라 몸도 아프게 만든다. 가령 배신한 애인의 사진을 한 서린 눈빛으로 응시하는 사람의 경우 감기나 타박상의 통증이 심화할 수 있는 것이다.

여기에서 또 하나 확인할 수 있는 것은, '마음의 상처'와 '몸의 상처'가 연결되어 있다는 점이다. 마음의 상처와 육신의 아픔이 별개라고 생각하기 쉽지만, 뇌는 둘을 같은 것으로 인식한다.

미국의 사회심리학자 에단 크로스Ethan Kross는 사랑하는 사람에게 버림받은 고통이 뇌의 입장에서는 육체적 고통과 다르지 않다고 강조한다. 애인이 떠나 가슴이 아프다면 가슴을 주먹으로 맞은 것과 같다는 것이다. 그러니 매일 매 맞는 기분으로 살고 싶지 않다면, 이미 떠난 애인의 사진은 빨리 정리하고, 되도록이면 애인의 SNS에는 접근하지 않는 것이 좋을 것이다.

내 마음과 몸의 안녕을 위해 이미 떠난 인연의 얼굴은 머릿속에서 지워내자. 당분간은 힘이 들겠지만, 그렇게 해야만 새로운 인연이 내 마음으로 쓰윽 들어와 나의 아픔을 치유할 수 있다.

✳✳

내 손을 잡아,
다 잘될 거야

친구나 연인이 큰 시련을 겪고 있다고 하자. 그는 극심한 혼란 속에서 어지러워하고 있다. 어떻게 해야 도움이 될 수 있을까? 여러 가지 방법이 있겠지만, '손을 잡아 주는 것'을 강력하게 추천한다. 거기에 이런 위로나 응원의 말까지 해주면 더욱 도움이 된다.

"내 손을 꼭 잡아. 모든 일이 잘될 거야. 내가 네 편이 되어 줄게."

소중한 이가 힘든 일을 겪고 있을 땐 진심을 담아서

손을 잡고 위로해보자. 친구나 연인이 금방 기운을 되찾고 용기를 갖게 될 것이다.

사랑하는 이의 손을 잡으면 신비한 일이 여럿 생긴다. 경험을 통해서 알 수 있듯이 손잡기는 육체적 통증을 줄여준다. 고열에 몸을 떨던 아이가 엄마의 손을 잡으면 아픔을 덜 느낄 수 있고, 출산하는 아내의 손을 꼭 잡은 남편은 산모의 진통을 줄이는 데 한몫한다.

2017년 미국 콜로라도 볼더 대학의 통증 연구가 파벨 골드스타인Pavel Goldstein 박사가 실험을 통해 그 사실을 확인했다. 누군가 진심으로 안타까워하면서 손을 잡으면, 고통을 느끼던 사람의 육체적 통증이 실제로 사라진다고 한다.

단, 위로가 가식이면 안 된다. 진심 없이 연기로 손을 잡으면 상대의 마음을 움직일 수 없을 것이고, 진통 효과도 기대할 수 없다. 맞잡은 엄마의 손길이 통증을 줄여주는 건 엄마의 절실함 덕분이다. 출산하는 아내의 손을 건성으로 잡고 있는 남편의 손길이 진통제가 될 수는 없다.

또한 손잡기는 일상의 공포감과 스트레스도 줄여준다. 걱정과 긴장에 휩싸인 나의 손을 친구가 잡아주기만 해도 앞으로 나아갈 용기가 생기고, 하루 종일 공부하느라 고생을 한 아이의 손을 부모가 쓰다듬으면 학업 스트레스를 줄여줄 수 있다고 한다.

신기한 일이다. 그저 손만 잡았을 뿐인데 아프지도 않고, 스트레스가 줄어들며, 마음이 안정된다. 사랑하는 사람의 손길이 선사하는 마법이 아닐까.

내 손을 잡아, 다 잘될 거야

✱✳

좀 비관적이어도
괜찮다

'나는 왜 낙관적이지 못할까?' 많은 사람의 마음속
에서 이런 질문이 한 번쯤 떠오르지 않을까? 낙관적인
태도는 혈압을 낮추고 행복을 준다고 한다. 또 외로움,
불안, 우울을 줄이는 것도 낙관적 생각이다. 그런데 현
실을 낙관적으로 산다는 게 쉽지가 않다. 긍정적인 태
도가 중요하다는 것을 알면서도 오히려 비관적으로 살
게 될 때가 더 많다.

하지만 그런 우리에게 전할 희소식이 하나 있다. 비

관적인 게 나쁘지만은 않다는 사실이다. 비관주의자는 우선 안전할 확률이 높다. 캐나다의 교육자 로렌스 피터Laurence Peter에 따르면 비관주의자는 "길을 건널 때 양쪽 모두를 살피는 사람"이다. 또 미국의 작가 리사 클레이파스Lisa Kleypas는 "배를 탈 때 항상 구명조끼를 챙겨오는 게 비관주의자다."라고도 말했다. 나쁜 일이 생길 걸 걱정하는 비관주의자가 더 안전하게 살 수 있다는 뜻이다.

반면 지나친 낙관주의는 아주 위험하다. '괜찮겠지'라는 생각에 젖어 사는 사람들의 삶은 위태롭다. 술이나 담배를 끊을 생각을 하지 않는다. 나는 괜찮을 거라고 믿기 때문이다. 고도 비만인 경우도 적지 않으며, 원치 않는 임신을 하는 사례도 있다고 한다. 또 높은 곳에 오르거나 과속 운전을 하는 등 위험한 행동을 대범하게 저질러 젊은 나이에 생을 마감하기도 한다. 조금 극단적인 사례이기는 하지만, 요약하자면 낙관주의자가 더 위험한 삶을 살 가능성이 높다는 뜻이다.

낙관주의자의 또 다른 단점이 있다. 그는 자기 계발

좀 비관적이어도 괜찮다

을 게을리할 가능성이 높다. 자신의 결점을 극복하거나 새로운 삶에 도전하려는 의욕이 약하기 때문이다. 현재의 모습 그대로 살아도 행복할 수 있다는 믿음이 있으니 자기 발전을 시도할 이유가 없는 것이다.

반면 비관주의자들의 기본 생각은 '이대로 살면 나중에 실패한다.'이다. 매사 불안하고 조바심이 날 수밖에 없다. 자신을 다그치고 비난하게 된다. 분명 나쁜 부작용이지만, 이 부작용을 뒤집어 생각해 볼 필요도 있다. 불안을 실행의 원동력으로 삼는 것이다. 실제로 많은 심리학자가 새로운 삶을 개척하는 동력이 사실 비관주의에서 생겨난다고 설명한다.

그러니 적당히 비관적이어도 괜찮다. "나는 너무 비관적이야."라고 한탄할 이유가 없다. 비관적인 삶의 태도가 안전이나 발전 등의 이득을 가져다주기도 한다.

그리고 또 하나 중요한 사실이 있다. 나이가 들수록 비관주의자로 변모하는 게 자연스럽다는 것이다. 《톰 소여의 모험The Adventures of Tom Sawyer》을 쓴 세계적인 소설가 마크 트웨인Mark Twain은 말했다.

"48세 이전에 비관적인 사람은 너무 많이 아는 것이고, 48세가 넘어도 낙관적인 사람은 너무 모르는 것이다."

오십에 가까운 나이가 되면 세상과 인생이 내 마음대로 되지 않는다는 걸 깨닫는 시기가 온다. 삶에서 얻은 지식과 경험 덕분에 자연히 비관적인 태도를 갖추게 되는 것이다. 삶을 마무리할 나이가 되어서도 자신의 꿈이 이루어질 것이라 낙관하는 사람이 있다면, 옆에서 지켜보는 사람이 더 슬퍼질 것이다. 적당히 비관적이어야 지혜로운 삶이다.

결국 둘 다 괜찮다는 결론에 이르게 된다. 낙관적으로 사는 것도 괜찮고, 비관적인 태도도 나쁘지 않다. 적당한 비율로 섞어서 가끔은 낙관하고 때로는 비관하면서 지내는 것이 인간적인 삶이다. 비관은 우리를 해치지 않는다. 우리의 감정은 하나 빼놓을 것 없이 우리를 돕고 있다.

좀 비관적이어도 괜찮다

✳✳

악몽은
사랑의 표현이다

숨쉬기 어렵고, 땀을 뻘뻘 흘리며, 가슴이 쿵쾅거린다. 바로 '악몽'을 꿀 때 우리가 겪는 증상이다. 악몽은 하룻밤 지나면 사라져버릴 환상일 뿐이지만, 꿈을 꾸는 동안만큼은 현실보다 더 사실적인 가상현실이다.

연구에 따르면, 악몽은 마음에 상처가 많은 사람을 더 자주 괴롭힌다. 핀란드의 신경과학자 안티 레본수오 Antti Revonsuo는 안전하게 유년기를 보내며 성장한 핀란드 아이들과 북부 이란에서 전쟁을 겪은 쿠르드 아이들의 꿈을 비교했는데, 결과는 예상대로였다. 쿠르드 아이들이 악몽을 더 자주 꾸었다. 또 악몽을 더욱 선명하게 기억했다.

이처럼 트라우마가 악몽을 유발한다는 사실은 많은 사람이 알고 있을 것이다. 충격적 사건을 겪고 나면 그 사건이 재현되는 악몽을 꾼다. 큰 걱정거리가 있으면 꿈자리가 뒤숭숭해진다. 왜 그럴까? 우리의 뇌는 왜 악몽을 만들어서 우리 자신을 못살게 구는 것일까?

하지만 신경과학자들은 이것이 우리의 오해라고 말한다. 꿈은 우리를 괴롭히지 않는다. 오히려 호의를 갖고 우리 자신을 보호하고 싶어한다. 악몽은 말하자면 훈련소와 같다. 이다음에 위험한 상황이 벌어지더라도 잘 대처할 수 있도록 우리 마음을 미리 교육하는 것이다.

호랑이가 나타나는 마을에 사는 아이는 호랑이 악몽을 꾼 후엔 깊은 숲을 건널 때 더욱 조심하게 될 것이다. 지뢰가 터지는 꿈을 꾼 전쟁터의 아이들은 걸을 때 길을 더 유심히 보게 될 것이고, 안전에 유의할 것이다.

악몽은 사랑의 표현이다

성격 나쁜 상사에게 야단맞는 꿈, 시험을 망치는 꿈도 모두 긍정적 메시지로 받아들일 수 있다. 열심히 노력하거나 조심해서 나쁜 일을 막았으면, 그래서 내가 안전했으면 좋겠다는 뇌의 다정한 잔소리다.

악몽은 우리에게 외친다. 네가 불행하지 않았으면 좋겠다고. 네가 더는 다치지 않았으면 좋겠다고. 어쩌면 닥칠 수도 있는 위기에 대비하도록 마음을 훈련한다. 악몽은 나 자신을 위해 내가 연출한 안전 교육 드라마이자 자기애의 표현이다.

✳✳

난감하지만
사실 고마운 존재

    사람의 몸은 다양한 소리를 낸다. 말하고 속삭이고
노래하는 것부터 뜨끈한 국수를 후루룩 먹는 소리, 세
차게 달음박질할 때의 헐떡임, 화들짝 놀랐을 때의 비
명, 일이 생각처럼 풀리지 않을 때의 한숨, 고된 하루를
마치고 기절하듯 잠들었을 때의 코골이까지, 다 우리
몸이 내는 소리다. 그런데 어쩔 수 없이 소리를 내게 되
면서도, 남에게 내 소리가 들리면 아주 민망해지는 것
이 있다. 듣는 사람이나 내는 사람 모두 난감하게 만드

난감하지만 사실 고마운 존재

는 신체의 소음, 바로 트림과 방귀다.

보통 사람이라면 트림을 가능하면 숨기고 싶어하고, 어쩌다 실수했을 때 미안함을 느낀다. 입술을 꽉 다물고 가스를 코로 뿜어내거나, 입술 사이로 소량씩 분리배출하는 기술이 암암리에 공유되는 에티켓에 속한다. 그런데 사람들이 잘 모르는 재밌는 사실이 하나 있다. 트림은 우리가 지구에 살고 있기 때문에 가능한 일이라는 것이다. 지구 밖 우주 정거장에서는 트림을 할 수 없다.

트림의 원리부터 한번 알아보자. 우리는 음식을 먹는 과정에서 공기를 함께 들이마시게 되는데, 위 속에 공기가 너무 많아지면 더부룩함을 느낀다. 이때 중력이 개입해서 고체와 액체 형태의 음식물을 위의 바닥으로 당겨준다. 그리고 가벼운 기체는 위의 상단으로 분리되어 식도와 입을 통해서 빠져나가게 되는데, 이것이 바로 트림이다.

하지만 무중력 상태에서는 이런 분리가 일어날 수 없다. 중력이 작용하지 않기 때문에 음식물과 기체가 분리될 수 없고, 따라서 기체만 따로 내보낼 수도 없다. 즉, 우주 정거장에서 더부룩한 속을 해소하고 싶다면 음식물을 통째로 전부 토해내야 하는 것이다.

오늘 방귀를 편하게 뀌었어도 역시 지구에 산다는 것에 감사해야 한다. 우주 정거장 같은 지구 밖 공간에서는 방귀가 아주 해롭다. 일단 환기할 수 없는 밀폐된 좁은 공간에서 공기가 오염되고 악취가 떠돈다면 많이 괴롭고, 또 원인 제공자가 몹시 미울 것이다.

장난스럽게 들릴지 모르겠다. 그런데 우주 정거장에서 마음대로 방귀를 뀌어서는 안 되는 정말 심각한 이유도 있다. 방귀가 가연성이기 때문이다. 방귀는 가스의 일종이므로 실제로 불이 붙을 수 있고, 이는 불쾌함을 넘어 우주선이나 미래의 우주 기지에 막대한 위협이 된다. 양배추처럼 방귀를 유발하기 쉬운 식재료가 우주 정거장에서 금지되어 있는 이유가 바로 여기에 있다.

부끄럽고 곤란하고, 때로는 소위 인생의 '흑역사'까지 만들지만, 그래도 지구에 살며 배출할 수 있어 다

난감하지만 사실 고마운 존재

행이지 않은가. 영화 〈타이타닉〉의 배우 케이트 윈슬렛

Kate Winslet도 말했다.

"니 는 트림하고 방귀 뀐다. 나는 진짜 녀사나."

❋

닭살이 돋으면
몸조심하라는 신호

당황하면 얼굴이 벌겋게 달아오른다. 얼굴의 모세혈관이 확장되기 때문이다. 당황스러운 상황을 위기로 인식한 뇌는 생존을 위해 혈관을 부풀린다. 몸에 더 많은 혈액과 산소를 공급해, 여차하면 위험한 상황에서 빠르게 달아나게 하기 위해서다. 요컨대 붉어진 얼굴은 나를 보호하려는 인체의 반응이다.

피부가 오돌토돌해지는 닭살 또는 소름도 마찬가지다. 나를 지키고 보호하기 위해 피부가 닭살을 만든다.

우리가 자주 겪는 닭살 돋는 3가지 상황을 살펴보자.

첫 번째는 무서움을 느꼈을 때다. 공포 영화를 보거나 어둠 속에서 무서운 형상을 봤을 때 봄 여기저기에 닭살이 돋는다. 이러한 공포감이 닭살의 가장 일반적인 원인이다. 왜 공포감이 들면 닭살이 돋는 것일까? 전문가들에 의하면 닭살은 상대를 겁주기 위한 수단이다. 닭살이 돋으면 털이 곤두서고 몸이 더 커 보인다. 크고 강한 인상을 줘서 상대를 쫓아내기 위해 닭살이 오소소 돋는 것이다.

이는 동물의 본능과 유사하다. 개를 마주친 고양이를 생각해보자. 고양이는 그 즉시 털을 곤두세운다. 더크고 강해 보이도록 자신을 위장하는 것이다. 적을 위협해서 생존하기 위한 본능적 방어 수단이다. 상어를 마주친 해달도 이와 비슷한 반응을 보인다.

닭살의 두 번째 원인은 추위다. 수영장에서 놀다가 찬바람이 불면 몸에 닭살이 돋는다. 이것은 체온을 유지하기 위한 몸의 반응이다. 닭살이 돋는다는 건 털이 선다는 뜻이고, 털이 서면 털과 털 사이를 통과하는 공기의 양이 많아져 체온을 유지하기가 수월해진다고 한다.

닭살의 세 번째 원인은 충격적 감정이다. 차에서 라디오를 듣고 있던 중 돌연 10년 전 애인이 자주 불렀던 노래가 나오면 소름이 돋는다. 배우가 역할에 완전히 몰입해 절규하는 연기를 봐도 그렇다. 또 생각지도 못한 선물을 준비한 애인에 대한 감동도 소름의 원인이 된다. 이때 핵심은 '충격'에 있다. 충격적일 만큼 감동적이고, 견딜 수 없이 놀라운 감정을 느끼면, 우리 몸은 이 엄청난 감정의 파도를 위기 상황이라고 판단해서 닭살을 돋게 만든다. 뇌가 "이상한 일이 벌어졌으니 대비하라."라는 명령을 내리는 셈이다.

닭살은 우리에게 말한다. 날이 추워서 네가 감기에 걸릴까 걱정되니 따뜻하게 있자고, 갑작스러운 위기 상황에 휩쓸리지 않을 수 있도록 미리 준비해두자고 말이다. 닭살은 우리의 안위를 진심으로 걱정한다. 나를 항상 염려하는 친구의 호의가 오돌토돌한 닭살에게서 느껴진다.

닭살이 돋으면 몸조심하라는 신호

✳✳

발바닥으로
친구 소식을 듣는 코끼리

코끼리의 귀는 무척 크다. 디즈니 애니메이션 〈덤보 Dumbo〉의 주인공 코끼리 덤보처럼 하늘을 나는 데 쓰지는 못해도, 그 크기만큼 쓸모가 아주 많다.

첫째로, 커다란 귀는 코끼리의 체온을 식히는 데 중요한 역할을 한다. 넓은 귀에는 수많은 혈관이 분포되어 있는데, 그 덕에 다량의 혈액이 혈관을 따라 흐르면서 열을 공기 중으로 발산할 수 있고, 체온이 조절된다. 물론 귀를 부채처럼 펄럭여서 만드는 공기의 흐름도 체온을 식히는 데 한몫을 단단히 한다.

둘째, 귀는 코끼리의 주요한 시각적 의사소통 수단이다. 사람들이 소리 내어 말을 하기 어려운 상황에 수신호를 사용한다면, 코끼리는 '귀신호'를 보내는 것이다.

예를 들어 코끼리는 상대 코끼리와 맞서야 할 때나 주변에서 위협을 발견했을 때, 귀를 넓게 펼쳐 보인다. 몸을 더 커 보이게 만들어서 상대에게 위압감을 주고, 상대를 제압하기 위해서다. 말하자면 "가만두지 않겠어."라는 표현인 것이다. 반대로 귀를 납작하게 목에 붙였다면 상대에게 복종하겠다는 뜻이 된다.

또 덤보처럼 귀를 펄럭거리면서 뛰어다니는 아기 코끼리도 종종 볼 수 있는데, 빠르게 펄럭이는 귀는 "나 신나! 오늘 기분이 좋네!"라는 의미다. 어른 코끼리가 귀를 펄럭이는 아기 코끼리를 본다면, 덩달아 기분이 좋아질 게 분명하다.

셋째, 코끼리 귀는 사람 귀와 마찬가지로 듣기의 기능을 한다. 하지만 사람의 귀와는 그 능력이 아주 다르

발바닥으로 친구 소식을 듣는 코끼리

다. 코끼리는 인간이 들을 수 없는 저주파수의 소리까지 듣는다. 그래서 아주 멀리 있는 코끼리들과도 의사소통할 수 있고, 원거리에서 천천히 다가오는 폭풍 등의 위협 요소도 일찍 감지할 수 있다.

코끼리 귀의 세 가지 기능 중에서 가장 중요한 건 당연하게도 청각 기능이다. 사람이든 다람쥐든 코끼리든 세상의 소리를 들으면서 살아가고, 귀가 없다면 생명체의 삶은 많이 불편할 것이다.

그런데 코끼리에게는 귀의 역할을 하는 신체 부위가 하나 더 있다. 바로 '발바닥'이다. 코끼리의 발바닥에 실제로 소리를 듣는 기능이 있는 것은 아니지만, 발바닥은 섬세하고 중요한 의사소통을 가능하게 한다.

발바닥이 귀 역할을 할 수 있는 것은 코끼리의 발에 '파치니 소체Pacinian Corpuscle'라는 감각 수용기가 있기 때문이다. 이 감각 수용기를 통해 코끼리는 아주 미세한 진동까지 느낄 수 있으며, 의도적으로 진동을 일으켜 멀리서도 서로 의사소통할 수 있다고, 과학자들은 설명한다.

그렇다면 코끼리는 발과 발바닥으로 어떤 이야기를 나눌까? 먼저 사자와 같은 위험한 동물이 있다는 걸 무리에게 미리 알려준다. 위험한 동물을 발견한 뒤 무리에게 달려가 소식을 알리면 이미 늦다. 하지만 발을 쿵쿵 구르며 멀리서 위협을 전하면, 사자가 코끼리 무리에게 접근하기 전에 더 빠르게 대피할 수 있다. 비슷한 원리로 친구 코끼리 무리의 이동 방향도 발바닥으로 파악한다. 아울러 코끼리는 진동을 이용해 구애 신호를 주고받기도 하는데, 이때의 발 진동은 인간으로 치면 "사귀자!"라는 말인 셈이다.

아마 인간이 아직 밝혀내지 못한 표현들도 있을 것이다. 코끼리가 발로 진동을 일으켜서 서로 농담을 나누거나, 기분 좋은 노래를 합창하기까지 할지도 모른다. 그건 오직 코끼리들끼리만 아는 비밀이다.

그런데 사실 인간도 알게 모르게 발바닥으로 의사소통하고 있다. 누군가의 얼굴을 직접 보지 않아도 다가오는 발소리가 경쾌하면 그의 즐거움을 감지할 수 있고, 발소리가 둔탁하고 쿵쾅거린다면 화 나는 일이 있

발바닥으로 친구 소식을 듣는 코끼리

었다는 것을 감지할 수 있다. 평소와는 다른 구둣발 소리로 중요한 미팅이 있으리라 예측할 수도 있고, 소리가 날 듯 말 듯 바닥을 스치는 슬리퍼 소리로 나를 향한 상대의 배려심도 느낄 수 있다. 우리는 서로의 고단하고, 분주하고, 다정한 마음을 읽을 수 있다. 서로의 몸짓에 귀를 기울인다면 말이다.

2장
—

다정한 마음을
너에게 줄게

돌고래에게
다시 배우는 사랑

2002년 호주인 그랜트 딕슨은 낚시를 하다가 보트가 가라앉는 사고를 당했다. 그는 다리에 상처까지 입고 부유물에 의지해 겨우 버티고 있었는데, 그때 상어가 하나둘 모여들기 시작했다. 그런 그를 도와줄 사람은 주변에 아무도 없었다. 헤엄쳐 달아나는 것도 불가능했다. 굶주린 상어는 아마 그가 익사하도록 내버려두지 않을 것이었다. 이때, 그의 절망적인 상황을 돌고래들이 역전시켰다. 어느새 다가온 돌고래 무리가 딕슨의 주위를 돌면서 상어의 접근을 막았던 것이다.

2007년에는 서핑을 즐기던 미국인 토드 엔드리스가 백상아리를 만났다. 죽는 것 말고는 다른 선택지가 없을 것이라 생각했던 그의 앞에, 역시 돌고래가 구조대처럼 나타났다. 병코돌고래 15마리 정도가 상어와 엔드리스 사이를 가로막아준 덕분에 그는 생명을 잃지 않았다.

이외에도 돌고래가 위기에 빠진 사람을 구한 사례는 적지 않다. 왜 돌고래는 죽을 고비의 사람을 도울까? 정확한 이유는 알 수 없지만 두 가지 추정이 있다. 먼저 상어로부터 생명을 구하는 것이 그들의 습성이기 때문이다. 돌고래는 친구나 가족이 천적인 상어에게 먹히지 않도록 돕는 데 익숙하다 보니 같은 처지의 사람도 반사적으로 구하게 된다는 가설이다.

또 지능 높은 돌고래가 사람의 공포감을 이해하기 때문이라는 설명도 있다. 사람의 울부짖음이나 세찬 심장 박동 소리를 듣고 연민을 느껴서 돕는다는 것이다.

돌고래에게 다시 배우는 사랑

심지어 상어의 공격이 없더라도, 물에 빠져 죽을 위기의 사람을 돌고래가 구했다는 기록도 있다. 이는 상어에 내한 경계심과는 관계가 없다. 돌고래가 가지고 있는 순수한 연민일지도 모른다. 사람이 길을 헤매며 끙끙대는 강아지를 돕듯이 돌고래도 사람이 가여워서 도와주는 것이다.

돌고래의 연민 덕분에 우리는 희미해진 '사랑'의 뜻을 떠올려볼 수 있다. 로마의 철학자 아우구스티누스는 《고백록》에서 말했다.

"사랑은 어떤 모습일까? 사랑은 남을 돕는 손을 가졌다. 사랑은 불쌍하고 가난한 사람들에게 급히 달려갈 발이 있다. 또한 사랑은 비참함과 곤궁을 보는 눈이 있다. 그리고 사람의 한숨과 슬픔을 듣는 귀를 가졌다. 그것이 사랑의 모습이다."

돌고래는 비명이나 울음소리를 듣고 급히 달려가 사람을 돕는다. 맛있는 물고기 같은 보상도 없는데도 헌신한다. 사람 마음에서도 찾기 힘든 사랑이 돌고래 마음에 살아 있을지도 모른다.

꿀벌은 엉덩이춤으로
대화한다

춤을 잘 못 춰서 부끄러운 몸치라면, 현대 무용의 전설 마사 그레이엄Martha Graham의 조언이 도움이 된다. 그녀는 말했다.

"당신이 춤을 못 춰도 아무도 신경 안 써요. 그냥 일어나 춤을 추세요. 위대한 댄서가 위대한 것은 바로 열정 때문입니다."

많은 사람들이 세상 구석구석에서 열정적으로 춤을 추고 있다. 매일 밤 클럽에 모인 사람들은 춤을 추며 타인에게 관심을 표현한다. 가수들은 무대에서 춤으로 메시지를 전한다. 지금 이 순간에도 발레리나와 길거리 댄서가 어디에신가 공언하며 서바나의 감동을 선하고 있을 것이다. 인간에게 춤은 몸으로 전하는 언어와 같다. 말이 통하지 않아도, 우리는 춤이라는 몸짓으로 타인에게 마음을 전하고, 타인의 마음을 이해할 수 있다.

하지만 꿀벌에 비하면 인간의 춤은 수준 낮은 대화 기술이다. 사람도 중요한 메시지를 춤에 실어서 전달하지만, 꿀벌은 춤으로 생명처럼 중요한 정보를 전한다. 꿀벌은 꽃에서 꿀을 빨아야 생존할 수 있는데, 꿀벌의 춤은 어느 곳에 꽃이 있는지 친구들에게 알리는 수단이기 때문이다.

여기저기 날아다니던 정찰병 꿀벌 한 마리가 좋은 꽃을 발견했다고 하자. 이 정보를 친구들에게 알려줘야 한다. 어떻게 해야 할까? 먼저 집으로 돌아와 일하던 벌들의 주의를 끈다. 말하자면 홍보 활동을 하는 것이다. 다른 꿀벌 위에 올라가거나 날개를 떨어서 윙윙 소리를 내며 시선을 집중시킨다. 친구들의 시선이 모이면 꿀벌은 무대 위 아이돌처럼 춤을 추기 시작한다. 춤사위에는 정해진 패턴이 있다. 엉덩이를 좌우로 흔들면서 앞으로 나아가는 것이다.

꿀벌의 엉덩이춤은 두 가지 중요한 정보를 알려준다. 첫째, 꽃과의 거리는 엉덩이 댄스의 지속 시간과 비례한다. 엉덩이 흔들기 춤을 오래 추면 꽃이 멀리 있다는 뜻이다. 둘째는 꽃이 있는 방향이다. 벌은 엉덩이를 흔들며 앞으로 나아가는데 그 진행 방향이 곧 꽃이 있는 방향을 나타낸다. 정확하게는 태양 위치를 기준으로 한 꽃 위치의 각도를 표현한다.

꿀벌은 춤이 끝나면 반원을 그리며 춤 시작 지점으로 되돌아와서 춤을 다시 춘다. 한 번의 설명으로는 부족할 수 있으니, 동료들이 이해할 때까지 같은 춤을 반복 공연하는 것이다. 이렇게 해서 꿀벌은 6km 거리에 있는 꽃의 위치까지 친구들에게 알려줄 수 있다고 한다.

이처럼 귀여운 대화 방법이 또 있을까. 꿀벌 한 마리는 열정적인 춤을 추고 나머지는 춤을 구경하면서 생

꿀벌은 엉덩이춤으로 대화한다

존에 필수적인 정보를 주고받는다. 꿀벌들은 엉덩이춤으로 대화한다. 사람이 먹는 달콤한 꿀은 벌의 엉덩이춤에서 시작된 것이다.

세상에서 가장
사교성 있는 동물, 쿼카

이따금 동물의 웃는 모습을 목격할 때가 있다. 강아지나 고양이가 좋아하는 간식을 먹을 때, 반려인과 놀이를 할 때, 행복한 표정을 짓는 듯 보인다. 하지만 그 빈도가 잦지는 않다.

그러나 호주의 대표적인 동물인 쿼카quokka는 언제나 귀엽게 웃는 얼굴로 유명하다. 양쪽 볼이 통통한 쿼카는 눈망울도 반짝이고, 동글동글한 얼굴도 귀엽다. 그런 얼굴로 매일 웃음을 지으니, 쿼카를 마주친 사람들은 저항 없이 녹아내린다.

쿼카의 웃음은 다양하다. 인사하듯 가볍게 미소를 짓기도 하고, 부끄러운 듯 은근한 웃음을 보이는가 하면, 때로는 티끌 없이 활짝 웃기도 한다. 이렇게 예쁘게 웃는 모습 덕분에 쿼카는 '세상에서 가장 행복한 동물'이라는 수식어와 함께 SNS에서 인기 높은 동물로 빠르게 떠올랐다.

웃는 표정 말고도, 쿼카의 매력 포인트는 또 있다. 다른 어떤 동물도 능가하는 사교성이다. 쿼카는 낯선 사람을 두려워하지 않는다. 처음 만난 사람에게도 오랜 친구를 만난 듯 웃는 얼굴로 접근한다. 관광객들로서는 까무러치게 기쁘고 신기한 일이다. 적대감이 전혀 느껴지지 않는 동글동글한 외모의 생명체가 맑게 웃으며 달려오는 모습을 미워할 수 있는 사람은 아무도 없을 것이다.

그런데 귀여운 외모와 달리, 쿼카는 아주 강인한 생명력도 갖고 있다. 쿼카는 몇 달 동안 물을 마시지 않아도 버틸 수 있다. 주식으로 풀과 나뭇잎을 먹고 사는

데, 거기에서 수분을 얻기 때문이다. 또 평소에 지방을 꼬리에 비축해 놓아서 오랫동안 먹지 않고 살 수 있다. 때때로 가혹해지는 호주 날씨에 완벽히 적응한 것이다.

하지만 그런 쿼카도 사람에게는 완전히 적응이 되어 있지 않다고 한다. 항상 웃는 쿼카가 귀엽다고 사람 음식을 주거나 만지면 해가 된다. 호주 정부가 쿼카를 만지기만 해도 벌금을 부과하는 데에는 이유가 있는 것이다. 사랑스러워도 보듬지 말아야 할 때가 있다. 사랑스러운 것을 지키기 위해 한발 물러서는 것도 사랑이다.

소도
낯을 가린다

세상에는 소심한 사람들이 많다. 소심한 사람은 많은 사람 앞에서 말하는 것은 물론이고 서 있는 것만으로도 두려움을 느낀다. 정당한 요구인데도, 남에게 말을 꺼내는 일 자체가 부끄러워서 말 못 하고 속앓이하는 사람도 적지 않다.

동물 중에서도 소심한 동물이 있다. 바로 '소'다. 소는 낯가림이 심하다. 사람이 낯선 사람 앞에서 움츠러들듯, 소도 낯선 소 앞에서는 긴장해서 마음이 쪼그라

든다. 영국 체스터 대학 크리스타 멕레넌Krista McLennan 의 연구가 이를 뒷받침한다.

총 세 마리의 소가 멕레넌의 실험에 참여했다. 연구팀은 먼저 A라는 소 한 마리를 좁은 공간에 뒀다. A 소를 일정 시간 동안 혼자 둔 뒤 맥박을 측정했는데, 평균보다 빠르게 뛰었다고 한다. 이후 평소에 친하게 붙어 다니는 다른 두 마리의 소를 데려와 같은 공간에 함께 있게 했다. 놀랍게도, 친구와 함께 있게 된 소는 심장이 천천히 뛰었다. 긴장감이나 불안이 없고 마음이 편했다는 증거이다.

그런데 동일한 공간인데도, 얼굴 모르는 낯선 소가 나타나니 A 소의 반응이 달라졌다. 낯선 소와 한 공간에 있게 된 소는 심박수가 상승했다. 긴장하고, 초조하고, 불안한 심리를 보였던 것이다. 연구팀은 실험 결과를 이렇게 설명했다. 소에게도 가까운 친구들이 있고, 그런 친구들과 같은 공간에 있으면 마음이 편해진다고.

이 연구는 소의 심리는 물론, 사람이 동물에게 얼마

소도 낯을 가린다

나 무신경한지도 돌아보게 했다. 사람의 시각에서 소는 무척 우직해 보인다. 달리 말해서 정서적으로 둔감할 것처럼 보인다. 사람은 소가 자신의 삶에서 바라는 것이 그저 넉넉한 먹이뿐일 것이라고 생각한다. 하지만 그게 아니었다. 사람과 마찬가지로 소에게는 친구가 필요하다. 소도 소심하게 낯을 가리고, 편한 친구와 함께 있기를 좋아한다. 둔감한 쪽은 소가 아닌 사람이었던 것이다.

소심한 소처럼 낯을 가리는 우리 또한, 낯선 사람의 무리 속에서 불편해지는 마음을 매일같이 인내한다. 밥벌이를 하기 위해, 내가 사랑하는 이들의 하루를 책임지기 위해, 마음의 불편함을 꾹 참아내며 낯선 이들 사이에서 하루를 보낸다. 그런 우리에게 필요한 건 일부러라도 시간을 내어 좋은 사람과 함께 있는 일이다. 친구와 말없이 눈짓만 주고받아도 마음이 편해지는 소처럼, 많은 이야기를 나누지 않더라도 좋은 사람과 한 공간에 함께 있다면, 한껏 움츠러들었던 마음이 이따금 기지개를 켤 수 있을 것이다.

알 속에서부터
서로를 보호하는 새들

　　알 속에서 사랑스러운 새끼 새들이 자라고 있다. 이 때, 알을 먹으려는 나쁜 족제비가 나타났다. 엄마 새 는 '꺄악!' 소리를 지른다. 절박한 외침이다. 그 소리에 족제비가 흠칫 놀랄 게 분명하다. 그런데 이런 엄마 새 의 외침이 알 속에 있는 새끼에게도 들릴까? 새끼는 엄 마 새의 외침이 무슨 뜻인지 알기는 할까? 놀랍게도 알 속에서도 새끼 새는 엄마의 소리를 듣고 이해할 수 있 다고 한다.

아직 알 속에 있는 새끼 새는 엄마 새와 대화할 수 있다. 경이로운 자연의 신비 중 하나다. 인간으로 따지면 엄마의 배 속에 있을 때부터 아기가 외부의 위험을 알리는 소리에 반응하는 것이다. 그뿐만이 아니다. 새끼 새는 옆에 있는 형제자매에게도 위험 신호를 전달한다. 알 속에 갇혀 있으면서도 새들은 가족애를 발휘한다.

이러한 사실은 스페인의 생태학자인 호세 노게라 Jose C. Noguera 박사의 2019년 논문을 통해서 알려졌다. 연구팀은 스페인 북부의 한 섬에서 노란 다리 갈매기의 알들을 수집해 실험을 진행했다. 이 섬은 갈매기들에게는 좋은 서식지이면서도 위험한 곳이다. 특히 족제비과인 밍크가 갈매기에게 큰 위협이 된다.

밍크가 나타나면 엄마 새는 날카로운 소리를 지른다. 천적이 나타났으니 경계하라는 뜻이다. 연구팀은 갈매기 알 중 일부를 따로 모아서 사전 녹음한 어미의 경계 소리를 매일 들려주었는데, 얼마 후 부화된 새끼 갈매기들에게서 하나의 공통점을 발견했다. 스트레스

호르몬이 높았던 것이다. 어린 갈매기는 대부분 머리가 작았고, 조금이라도 위험이 감지되면 재빠르게 도망 다녔다고 한다. 포식자를 경계하는 몸과 마음의 준비를 하고 부화한 것이다.

연구팀을 놀라게 한 또 다른 사실이 있다. 갈매기 알 중에는 포식자 경고 소리를 듣지 않은 알도 있었는데, 거기에서도 똑같은 특징의 새끼가 태어났다. 머리가 작고 스트레스 호르몬이 높았으며, 위험을 감지했을 때 기민하게 달아났던 것이다.

어떻게 이런 일이 가능했을까? 결론은 하나뿐이다. 위험 신호가 서로에게 전달된 것이다. 엄마 새의 경고를 들었던 알 속의 새끼 새는 다른 알에게도 위험을 알렸다. 그 방법은 바로, 몸을 부르르 떠는 것이었다. 알 속의 새들은 스스로 몸을 떨어서 위험을 알렸다. 말하자면 "형, 누나 조심해. 밖에 밍크가 있대. 부들부들." 이라며 주의를 줬던 것이다.

아직 부화하지 않은 새끼와 엄마 새만 소통을 하는 것이 아니라, 알 속의 새끼 새들 역시 형제자매에게 위

알 속에서부터 서로를 보호하는 새들

험을 알린다. 이처럼 가족은 본능적으로 서로를 지키려 애쓴다. 엄마 아빠 그리고 아기까지, 서로를 염려하며 자신이 할 수 있는 최선의 도움을 준다.

20세기 초 미국의 철학자 조지 산타야나George Santayana 교수는 말했다.

"가족은 자연이 만든 하나의 걸작이다."

모든 가족은 기적적인 걸작이다. 종종 다툴지언정 그 다툼 속에 서로를 아끼고 염려하는 마음이 담긴 인간의 가족도, 때로는 과격한 장난도 치지만 함께 사냥한 것을 나눠 먹고, 누구보다 서로를 애정하고 보살피는 사자 가족도 걸작이다. 걸작이 아닌 가족은 없다.

혹등고래는
바다의 신사다

범고래는 바다에서 가장 강력한 포식자로 악명 높다. 범고래는 같은 고래목인 혹등고래의 새끼도 공격한다. 이 악당 같은 고래들이 공격해 오면 어미 혹등고래는 새끼를 지키기 위해 필사적으로 방어한다. 먼저 범고래들을 겁줘서 쫓아내려고 하고, 그래도 접근해 오면 5미터가 넘는 꼬리로 범고래를 치면서 밀어낸다.

어미가 새끼를 지키려 싸우는 것은 자연계에서 흔히 있는 일이지만, 혹등고래의 싸움은 유독 특이하다.

혹등고래는 자신의 새끼뿐만 아니라 다른 종족을 위해서도 싸우기 때문이다. 혹등고래가 자기 새끼를 구하기 위해 범고래와 맞서는 건 혹등고래의 전체 싸움 중 10퍼센트에 불과하다. 나머지 90퍼센트는 다른 동물을 구하기 위한 싸움이다. 물개, 바다사자, 돌고래 등 자신보다 상대적으로 약한, 종이 다른 동물을 구하는 것이다. 또 범고래의 공격을 받는 가오리를 구했다는 기록도 있다.

도대체 왜 혹등고래는 다른 동물을 위해서 자신이 다칠 위험을 무릅쓰고 싸우는 것일까? 과학자들도 정확한 이유는 알지 못한다. 다만 추정만 해보고 있다. 범고래를 '적'으로 보기 때문이라는 설명이다. 새끼를 보호하기 위해 범고래와 싸우다 보니 범고래가 적이 되어버렸고, 어떤 동물을 공격하든 반사적으로 개입하게 되었다는 것이다.

힘없는 동물을 보호하는 혹등고래는 조앤 K. 롤링 Joan K. Rowling의 소설 《해리 포터와 불의 잔》의 한 구절을 떠올리게 한다.

"그가 어떤 사람인지 알고 싶다면 그가 동등한 사람이 아니라 자기보다 못한 사람을 어떻게 대하는지 잘 보세요."

자기보다 강한 사람에게 친절하기는 쉽다. 착하고 예의 바른 척 저절로 연기를 하게 된다. 본성은 약한 존재 앞에서 드러난다. 약한 존재 앞에서 다정하다는 건, 그의 본성 역시 다정하다는 증거다. 자신의 위험을 감수하면서 약한 동물을 돕는 혹등고래는 높고 빼어난 마음을 가졌다. 혹등고래와 지구에 함께 사는 건 기분 좋은 일이다.

혹등고래는 바다의 신사다

바이킹의 결혼 선물은
고양이였다

바이킹 사회에는 특이한 풍습이 있었다. 바이킹 전사가 결혼을 할 때, 신부는 새끼 고양이를 선물 받았다고 한다. 신부가 받는 고양이는 한 마리가 될 수도 있고, 아니면 여러 마리인 경우도 있었다. 바이킹족의 사회에서 '사랑'을 상징하는 동물이 고양이였기 때문이다. 그래서 바이킹족은 새로운 가정의 안녕을 빌기 위해 고양이를 선물했던 것이다.

고양이가 바이킹 사회에서 사랑의 상징이 된 이유

는 북유럽 신화에서 찾을 수 있다. 고양이는 북유럽 신화에 등장하는 여신 프레이야Freyja의 마차를 끄는 동물이었다. 프레이야는 그리스 로마 신화의 비너스와 비슷한 여신으로 사랑, 결혼, 다산, 아름다움 등을 상징하며, 눈부시게 아름답다고 한다. 신화 속에서 신은 물론이고 거인족과 난쟁이족 그리고 인간들까지도 그녀에게 매료되어 치열하게 경쟁한다.

또한 프레이야는 아름다울 뿐 아니라 자신의 몸에서 보석을 만들어내는 신비로운 존재다. 황금알을 낳는 거위는 그녀에 비견하면 아무것도 아니다. 그녀가 흘린 눈물은 금이나 호박 등의 보석으로 변한다.

프레이야는 매의 깃털로 만든 망토를 입고 새처럼 빠르게 날아다닐 수도 있다. 여신은 땅 위에서는 거칠게 멧돼지를 타고 다녔는데, 힐디스비니라는 이름의 이 멧돼지는 프레이야를 사랑한 사람이었던 오타르가 변신한 것이라고 한다.

프레이야의 탈것에는 여러 종류가 있었지만, 단연 대표적인 것이 고양이 마차다. 고양이 두 마리가 끄

바이킹의 결혼 선물은 고양이였다

는 마차에 프레이야가 앉아 있고, 그 주변에 천사들이 날며 노래하는 광경을 그린 그림이 유명하다. 고양이는 여신의 미모와 신비로움을 돋보이게 만드는 동물이었다.

바이킹 사회에서는 고양이가 프레이야를 대신해서 사랑과 다산을 신혼 가정에 가져다줄 것이라 생각했다. 이러한 기원을 담아 선물한 고양이가 바로 '노르웨이 숲 고양이'이다.

신부에게 고양이를 선물하는 것처럼 사랑스러운 풍습이 또 있을까. 포악하고 강인한 이미지를 가진 바이킹의 속마음은 생각 외로 부드러웠다. 어쩌면 우리가 딱딱한 외모와 말투로 인해 차가울 것이라 지레짐작했던 어떤 사람의 마음속에도 따끈한 고양이 한 마리가 있을지 모른다. 이런 상상을 하면 우리 주변의 이들을 조금 더 부드러운 시선으로 바라볼 수 있다.

화성에서 열린
생일 파티

　사람은 로봇도 사랑할 수 있다고 한다. 로봇의 형태가 아기와 비슷하면 모성애나 부성애도 느낄 수 있다. 그런 사랑의 마음을 가진 사람들이 2013년, 감동적인 로봇 생일 파티를 열어 주었다.

　2013년 8월, 태양계에서 가장 외로운 생일 파티가 열렸다. 화성 탐사로봇 큐리오시티Curiosity가 자기 생일을 맞아 스스로 생일 축하 노래 '해피버스데이'를 불렀다. 로봇은 아무도 없는 황량한 땅에서 회색 하늘을 보

　화성에서 열린 생일 파티

며 생일을 자축했던 셈이다.

큐리오시티는 약 9개월을 비행해서 협정세계시 기준 2012년 8월 7일 화성에 착륙했다. 사람의 아이가 지구에서 태어난 날을 생일로 삼듯, 큐리오시티에게는 화성 착륙일이 곧 생일이다. 그래서 큐리오시티가 1년 후 첫돌을 맞자, 미항공우주국 NASA의 엔지니어들은 큐리오시티가 스스로 생일 축하 노래를 부르도록 했다. 물론 큐리오시티 안에 생일 축하 노래가 프로그래밍되어 있었던 것은 아니다. 엔지니어들은 기발한 창의력을 통해 축하 노래를 구현해냈다.

큐리오시티가 화성에서 하는 일은 토양 분석이다. 로봇팔로 흙을 집어서 배 부위에 있는 분석 장치에 넣는다. 흙을 받은 분석 장치는 부르르 떨어서(즉, 진동해서) 샘플이 용기 바닥에 골고루 깔리게 한다. 그다음 차례로 샘플을 가열하면 증기가 발생하는데, 과학자들은 이 증기를 이용해 토양 성분을 추정한다.

화성에서 로봇이 생일 노래를 부를 수 있었던 것은 바로 이 '부르르 떨기' 기능을 이용해서다. NASA의 엔지니어들이 진동음을 '해피버스데이 투 유'처럼 들리도록 프로그램화했던 것이다. 이후 매년 생일이면 화성 탐사 로봇이 생일 축하 노래를 부른다는 소문이 돌고 있지만, 아쉽게도 그건 사실이 아니라고 한다. 2013년 딱 한 해만 노래를 불렀다.

그래도 '화성 탐사 로봇 생일 자축 이야기'는 대중 사이에서 아직도 인기가 높다. 사람들은 외로운 로봇을 연민하여 생일 노래를 부르게 했던 NASA 엔지니어들의 다정한 마음을 칭송한다. 사람들은 금속 로봇 큐리오시티를 의인화하기 때문이다.

사람이 그러하듯 큐리오시티의 수명도 영원하지 않다. 원자력 전지로 작동하는 이 로봇의 기대 수명은 14년으로, 예상대로라면 2026년 작동을 멈출 것이다. 하지만 다행스러운 선례가 있어, 큐리오시티는 더 오래 살 수도 있다고 한다.

큐리오시티의 선배 화성 탐사 로봇으로 '오퍼튜니티Opportunity'가 있었는데, 그 로봇의 기대 수명은 90일이었다고 한다. 그런데 오퍼튜니티는 예상 밖으로 무

화성에서 열린 생일 파티

려 15년 동안 활동하면서 강인한 '생명력'을 보였다. NASA의 과학자 제이콥 마골리스Jacob Margolis가 밝힌 이 로봇의 '죽음'은 슬프다. 그는 트위터를 통해 2018년 수명이 다하기 직전에 오퍼튜니티가 보낸 마지막 메시지를 전했다. 이는 태양계에서 가장 쓸쓸한 유언이었다.

"배터리가 떨어졌어요. 그리고 어두워지고 있어요."

달을 봐,
저기 네 이름이 있어

소중한 사람에게 줄 수 있는 가장 좋은 선물은 무엇일까? 조건 없는 사랑이 최고의 선물 중 하나일 것이다. 부모의 무조건적인 사랑이 없다면 갓난아이는 생존하고 성장할 수 없다. 부모의 무조건적 사랑은 아기 개인에게나 인류 전체에게 반드시 필요한 선물이다.

반대로 '나의 행복'도 좋은 선물이다. 내가 행복한 것만으로도 주변 사람을 행복하게 만들 수 있기 때문이다. 굳이 무언가 대단한 것을 주려고 애쓸 필요가 없

달을 봐, 저기 네 이름이 있어

다. 내가 행복하면 그게 가족이나 연인에게 가장 좋은 선물이 된다.

그러면 딸에게 줄 수 있는 가장 좋은 선물은 뭘까? 아주 많겠지만, 어떤 아빠는 희소성 차원에서는 누구도 따라올 수 없는 선물을 딸에게 해주었다. 인류 역사를 통틀어서 가장 특별한 선물이다. 그 아빠는 딸의 이름을 달 표면에 써 놓고 돌아왔다.

달에 처음 간 사람이 닐 암스트롱Neil Armstrong이라면, 마지막으로 달을 밟은 사람은 미국의 우주인이자 엔지니어였던 유진 서난Eugene Cernan이다. 그는 마지막 달 여행자라서 유명하기도 하지만, 딸을 위해 기발한 선물을 했던 걸로도 그 이름이 널리 알려져 있다.

1972년 달에 간 유진 서난은 달 표면에 'TDC'라는 영문 이니셜을 써놓았다. 자신의 외동딸 테레사 던 서난Teresa Dawn Cernan의 이니셜이었다. 달은 아주 먼 곳이고, 그에게는 지구로 돌아갈 수 있다는 보장도 없었다. 딸이 무척 그리웠을 것이다. 그래서 유진 서난은 외롭게 9살 딸을 생각하면서 달에 알파벳 3글자를 썼다.

훗날 지구로 돌아온 유진 서난은 "먼 미래에 누군 가가 달에 도착해서 월면차와 발자국과 딸 이니셜을 발견하고는, 내가 남긴 글자가 무슨 뜻인지 궁금해할 것 같다."고 말했다.

누가 손으로 쓰윽 문질러서 지우지만 않는다면 유 진 서난의 딸 이름 'TDC'는 아주 오랫동안 달 표면에 남아 있을 것이다. 수백 년 동안은 괜찮을 거라는 사람 들도 있고, 수만 년 동안 지워지지 않을 거라는 예상도 있다. 유진 서난은 향년 82세의 나이로 2017년 세상을 떠났지만, 그의 딸은 달을 볼 때마다 아빠 생각을 할 것이다. 아빠는 딸의 이름뿐 아니라 자신의 마음을 달 에 남겼다.

가난한 이들의
큰 선물

2001년 9월 11일, 미국 뉴욕에서 테러가 일어났다. 이슬람 테러 조직인 알카에다가 기획하고 실행한 최악의 테러였다. 테러리스트들에게 납치된 4대의 여객기들이 가미카제처럼 자살 비행을 하면서 미국 사회에 전에 없었던 대혼란과 공포를 일으켰다. 납치된 여객기 중 두 대는 뉴욕 맨해튼의 세계 무역 센터를 들이받았고, 그 피해는 막대했다. 여객기는 폭발했고, 빌딩도 먼지를 뿜어내며 주저앉았다. 인명 피해도 컸다. 9·11 테러로 희생된 미국인이 3천 명에 가깝다.

이 사건은 미국뿐 아니라 전 세계를 뒤흔들었지만, 아프리카 케냐의 마사이족 부족원들이 소식을 들은 것은 사건 발생 후 6개월이 지나서였다. 유목 생활을 하던 그들은 국제 정치에 대해서는 아는 바가 없었다. 하지만 테러 소식을 들은 그들은, 무자비한 폭력으로 죄 없는 사람들을 희생시킨 것은 잘못이라고 판단했다. 또 그들은 미국이라는 국가가 어디에 위치해 있고, 어떤 나라인지도 잘 몰랐지만, 테러 후 고통에 시달리는 미국인들을 깊이 연민하게 되었다.

그래서 마사이 부족 사람들은 상의 끝에 중요한 결정을 내리게 된다. 자신들에게 가장 소중한 것을 기증해서 미국인의 아픔을 조금이라도 달래기로 한 것이다. 그들이 선택한 위로의 선물은 바로 소 14마리였다.

대부분의 마사이인은 전화는 물론, 수도와 전기가 공급되지 않는 곳에서 생활한다. 물질문명을 멀리하고 자연 속에서 소박하고 작은 행복을 누리며 사는 사람들이다. 그런 그들에게 소는 가장 가치가 높고, 생명과

가난한 이들의 큰 선물

도 같은 중요한 재산이었다. 그런 소를 선물했다는 것에는 재산을 나누는 것 이상의 의미가 담겨 있다. 깊은 존경, 연민과 같은 진심을 담은 선물이 바로 소였던 것이다.

미국 국가가 울려 퍼지는 가운데, 소 14마리가 미국에 전달되었다. 가장 가난한 사람들이 가장 부유한 시민들을 위해 더 가난해지기로 결심한 것이다. 다정함이란 바로 이런 것이다. 우리는 마사이족에게 존재를 깊이 사랑하는 마음을 배울 수 있다.

가장 행복한
기온의 행성

기온이 몇 도일 때 사람은 가장 큰 행복을 느낄까?
2013년 일본 오사카 대학의 경제학자 쓰쓰이 요시로
교수가 이 문제를 연구했고, '섭씨 13.9도'가 최적의 행
복 기온이라는 결론을 발표했다. 쓰쓰이 교수는 17개
월 동안 인터뷰 조사를 진행하며, 오사카 대학교 학생
들에게 '지금 기분이 어떤지' 질문하고 답을 받아, 그
순간의 기온과 함께 기록했다. 누적된 자료가 3만 2천
건에 달했는데, 분석 결과 사람의 행복감이 최고치에

오르는 기온은 13.9도인 것으로 밝혀졌다.

이는 우리나라에서 3월과 10월 정도에 해당하는 기온으로, 얇지도 두껍지도 않은 재킷을 입을 수 있는 정도다. 후드나 바람막이, 야상 점퍼 중에서 아무거나 골라 입어도 괜찮은 날씨다. 움직여도 땀이 나지 않아서 쾌적하고, 느긋하게 산책해도 춥지 않을 기온이니, 가장 기분이 좋은 기온인 것이 당연해 보이기도 한다.

그러면 우리가 살고 있는 지구의 평균 온도는 몇 도일까? 아주 기묘할 정도로 놀라운 사실이 있다. 지구는 인간이 가장 큰 행복감을 느끼는 기온인 13.9도를 유지해 왔다는 것이다. 그것도 100년 동안이나 말이다.

미국 국립 해양대기청 NOAANational Oceanic and Atmospheric Administration의 공식 홈페이지에 지구의 평균 온도가 기록되어 있는데, 1901년에서 2000년까지 해양과 육지를 합친 지구의 평균 기온은 섭씨 13.9도(화씨 57.0도)였다. 지구는 인류가 가장 큰 행복을 느끼는 온도를 100년 동안이나 선물했던 것이다.

지구는 생색 한 번 내지 않고 묵묵히 우리를 보살

퍼 왔다. 누가 알아주든 알아주지 않든 개의치 않고 고양이나 강아지를 세심히 돌보는 다정한 사람들이 그러한 것처럼 말이다. 인류는 가장 행복한 기온의 행성에 살고 있다. 일상처럼 익숙해져서 모르고 지낼 뿐, 우리를 남몰래 지켜주는 누군가가 있어 우리는 자주 행복하다.

묵묵히 당신의 행복을
바라는 존재

미국의 산림청 소속 과학자 데이비드 노왁David Nowak 박사가 2014년 발표한 논문은 나무가 사람에게 얼마나 고마운 존재인지 입증한다. 그의 연구 결과에 의하면, 미국 내에서 서식하는 나무들이 1년 동안 850명의 생명을 살리고, 67만 건의 급성 호흡기 질환 발생을 방지한다.

이는 나무가 공기 중의 오염 물질을 제거해 준 덕분이다. 컴퓨터 시뮬레이션을 통해서 보면 2010년 한 해동안 미국의 숲과 나무가 미국 내에서 제거한 공기 오염 물질은 1,740만 톤에 이른다. 오염된 공기는 폐를 망가뜨리거나 암을 일으키고, 심할 경우 뇌에 손상을 줄 수도 있다. 공기 오염이 심한 도시에 사는 사람일수록 나무의 수혜를 더 많이 받는다고 한다.

나무의 선물은 또 있다. 우선 여름 내내 달구어진 뜨거운 도시를 식혀준다. 실제로 나무를 많이 키우는 집은 일반 가정의 평균 사용량보다 에어컨을 적게 틀어도 여름을 시원하게 날 수 있다고 한다. 나무가 전기료는 물론, 에너지 소비도 절약해주는 셈이다.

또한 나무는 사람의 마음도 보살핀다. 나무가 많은 지역에서는 실제로 사람들이 선해진다고 한다. 갈등이 줄어들고, 폭력 등 범죄 발생 빈도도 낮아진다. 미국 일리노이 대학교의 윌리엄 설리번William Sullivan 교수가 2001년 발표한 논문에 따르면, 주변에 나무가 많고 자연 풍경이 보존된 지역에 위치한 공영 주택에 사는 가정은 일반 폭력과 가정 폭력이 그렇지 않은 지역에 비해 25% 적은 것으로 나타났다.

묵묵히 당신의 행복을 바라는 존재

우리가 나무를 돌보는 것 이상으로, 나무는 우리에게 많은 것을 베푼다. 흙과 물과 공기를 깨끗하게 할 뿐만 아니라, 사람의 신체 건강에도 큰 도움을 주고 마음의 안정까지 선물한다. 그럼에도 나무는 자신의 선행을 인정해달라고 바라지도, 대가를 요구하지도 않는다. 아무 소리 없이 조용히, 최소한의 자리를 지키며 인간을 돕는다. 도로에 서 있는 가로수 하나하나가 우리의 친구이며 보호자다. 일이 잘 풀리지 않고 왠지 쓸쓸한 날, 가로수를 따라 걷는 것만으로도 위로받을 수 있는 이유가 여기에 있다.

예쁜 표정을
지어 보세요

　사람은 입을 꾹 닫은 채 얼굴 표정만으로도 이야기를 전할 수 있다. 입술을 내밀거나 눈에 힘을 주거나 입꼬리를 귀에 걸면 말보다 훨씬 효과적으로 의사를 전달할 수 있다.

　사람만 그런 게 아니다. 개나 침팬지와 같은 동물역시 표정으로 말한다. 그리고 '말馬'도 말 없이 말할 수 있다는 사실이 과학자들을 통해 밝혀졌다. 2017년 영국 서식스 대학교의 연구자들이 발표한 논문에 따르면, 말은 무려 17가지 표정을 이용해 의사소통한다.

〈내셔널 지오그래픽National Geographic〉의 2017년 10월 보도에 따르면, 말의 17개 표정 언어는 인간보다 10개가 적지만 침팬지보다는 4개, 개보다는 1개가 더 많다. 달리는 일에만 전념할 것 같은 말의 표정 언어는 사실 다른 동물에 비해 풍부하고 섬세한 편이다.

말은 자신의 속눈썹을 위로 올리는 표정으로 두려움이나 슬픔, 또는 놀람을 표현한다. 마치 웃는 것처럼 입술을 양옆으로 당기는 건 인사나 복종의 의미다. 또 눈을 넓게 뜨는 것은 지금 위급한 상황에 처해 있다는 신호다. 이 사실을 밝혀낸 과학자들은 크게 놀랄 수밖에 없었다. 말의 표정 언어가 사람의 표정 언어와 너무나 비슷했기 때문이다.

마음이 편안할 때 말은 두 귀를 양옆으로 늘어뜨리고 눈이 반쯤 감기며, 아랫입술을 아래로 늘어뜨린다. 반대로 걱정거리가 생긴 말은 귀를 앞쪽으로 향해 세운 채 눈의 흰자위를 드러내고, 콧구멍이 넓어지면서 입술이 살짝 말려 올라간다.

말이 화가 난 것도 말의 표정과 동작을 보면 알 수 있다. 분노한 말은 귀를 뒤로 접고 고개를 앞으로 들이민다. 또 콧구멍을 오므리고 눈 흰자위와 이빨을 드러낸다. 사람, 사자, 개, 그리고 말까지, 분노를 느낀 존재는 모두 이빨을 드러낸다는 사실이 인상적이다.

말 못 하는 말들도 서로 얼굴을 보면서 다정하게 의사소통한다. 자신이 느끼는 슬픔이나 긴장감을 친구에게 드러내기도 하고, 인사를 나누거나 위험을 알릴 때도 표정을 활용한다. 그런데 말보다 10가지나 더 풍부한 표정을 지을 수 있고, 심지어 언어도 다채로운 사람은 다른 사람의 표정에 점점 무관심해지고 있는 것만 같다.

이제는 표정 언어가 필요 없게 된 것인지, 사람들은 대체로 무표정하다. 지하철을 타보면 안다. 남녀노소 가릴 것 없이 얼굴이 굳어 있다. 지금 어떤 기분을 느끼고 있는지 짐작하는 것조차 거의 불가능하다. 사람들은 기쁨도 슬픔도 없는 회색빛 얼굴을 하고는 서로 소통을 거부하는 것 같다.

예쁜 표정을 지어 보세요

말이 말을 할 수 있다면 우리에게 이렇게 말하지 않을까.

"사람 여러분, 좀 예쁜 표정을 지어보세요. 표정으로 대화하는 게 얼마나 재미있다고요."

아기를 입양하는
다람쥐

2010년 캐나다 궬프 대학교의 생물학 교수 앤드류 맥아덤Andrew Macadam이 놀랄 만한 연구 결과를 밝혔다. 흔한 사례는 아니지만, 야생 다람쥐가 종종 새끼 다람쥐를 입양해서 키운다는 것이었다.

사자나 엘크 같은 무리 동물이 떠돌이 새끼를 입양해서 기른다는 사실은 이미 알려져 있었다. 그런데 다람쥐는 무리 동물이 아니다. 다람쥐는 자기 영역을 치열하게 지켜내며 홀로 살아간다. 다른 다람쥐와 소통하거나 상호 작용하는 일도 흔하지 않다. 그런 외톨이 다람쥐가 입양을 한다니, 과학자들은 이것이 아주 예상 밖의 일이라고 평가했다.

다람쥐는 서로 접촉을 꺼리는 비사교적인 동물이다. 하지만 연구 대상인 붉은 다람쥐는 어린 떠돌이 다람쥐를 입양해서 직접 키웠다. 남의 새끼를 데려다 잠자리를 마련하여 보듬고, 먹이도 직접 구해다 주며 키운 것이다.

왜 다람쥐는 누구의 자식인지도 모를 새끼 다람쥐를 입양해서 기른 것일까? 혹시 자기 새끼로 오인했던 것은 아닐까? 하지만 연구팀은 이런 가설을 부정했다. 오히려 홀로 험한 세상을 살아 나가야 하는 어린 다람쥐를 돕고자 하는 다람쥐의 순수하고 이타적인 마음이 원인일 것이라 추정했다.

그러니까 다람쥐는 떠돌이 아기 다람쥐를 지켜보면서 연민과 같은 감정을 느꼈다고 할 수 있다. 숲을 헤매는 아기가 가엽게 느껴져, 자신이 두 배로 고생하게 될 것을, 어쩌면 자신의 생존에 방해가 될 것을 알면서

도 먹이고, 재워 주었던 것이다. 생존을 최우선 과제로
삼아 치열하게 살아가는 다람쥐에게도 이타심이 있다.
우리가 삶의 길을 헤매고 있는 타인에게 온정을 베푸
는 것은 당연한 도리일지 모른다.

아기를 입양하는 다람쥐

똥으로
대화하는 동물

호주에 사는 웜뱃은 길이가 1미터 내외인데, 모습은 어떻게 보면 작은 곰 같고, 또 다른 시각에서 보면 코알라와 많이 닮았다. 다리는 짧고 굵으며, 머리는 크고 펑퍼짐한 데 반해 코는 낮다. 그리고 몸통은 둥글둥글하고 통통해서 아주 귀여운 느낌이다.

그런데 웜뱃에게는 곰이나 코알라뿐 아니라 세상의 어떤 동물도 흉내 낼 수 없는 특기가 하나 있다. 웜뱃은 현재 인간이 아는 동물 중 유일하게 육면체 모양의 똥을 누는 동물이다. 그러니까 웜뱃의 똥은 주사위를 닮았고, 웜뱃이 응가를 하고 나면 여기저기 주사위 모양의 똥이 놓여 있게 된다는 소리다.

어떻게 해서 웜뱃은 육면체 똥을 누는 것일까? 그 비결(?)이 궁금했던 과학자들이 2021년 별난 연구를 진행했다. 그리고 안다고 해서 우리 인생에 큰 도움이 되는 것은 아니지만, 알고 있으면 무척 재미있는 사실을 밝혀냈다.

애초 과학자들은 웜뱃의 똥이 '출구'에서 그 모양을 형성한다고 추정했다. 하지만 후에 여러 나라의 과학자들이 공동연구를 해보니, 웜뱃은 출구가 아니라 몸 '내부'에서 육면체 똥을 생성해 배출하는 것으로 확인되었다. 여기에서 내부란 바로 웜뱃의 내장이다.

웜뱃은 내장이 무척 길다. 10미터에 달하는 내장 길이는 몸길이의 10배에 이른다. 이 긴 내장을 따라 흐르던 똥은 결장 속에서 건조되는데, 그동안에 근육이 수축 운동을 반복한다. 그때 빵 기계가 밀가루를 일정한 모양의 빵으로 찍어내듯이, 결장이 똥을 일정한 크기의

똥으로 대화하는 동물

주사위 모양으로 만들어낸다는 것이다.

과학자들에 따르면 웜뱃은 하루에 주사위 모양 똥을 100개 정도 배출하는데, 웜뱃의 똥은 단순한 똥이 아니다. 놀랍게도 똥이 대화 도구로 쓰인다. 가령 똥을 여기저기 갖다 놔서 자기 영역임을 표시한다고 한다. 또 바위 위에 쌓아 놓기도 하는데, 아직 구체적으로 밝혀지진 않았지만 그들이 쌓아 놓은 자신들의 똥으로 모종의 대화를 나누는 것 같다고, 과학자들은 추정한다.

아직 갈 길이 멀다. 과학자들은 웜뱃의 똥에 대해서 더 많이 그리고 더 깊이 연구를 진행하고 있다. 넘치는 호기심으로 둥글둥글 통통한 웜뱃이 여기저기 갖다 놓은 주사위 모양 똥을 보물처럼 연구하고 있을 과학자들을 생각하면 큭큭 웃음이 터진다.

3장

확실한 행복을
너에게 줄게

느리기 때문에
더 행복한 동물

영어에 이런 속담이 있다. "나쁜 소식은 독수리의 날개를 가졌고 좋은 소식은 나무늘보의 발을 가졌다." 언론사가 급하게 전하는 속보는 대부분 나쁜 뉴스다. 반면 좋은 뉴스는 아주 느리게 발행된다. 친구가 저지른 실수는 하루 만에 SNS로 퍼지지만, 잘된 소식은 오랜 시간이 지나야 속속들이 알게 된다. 연예인의 구설수는 삽시간에 대중에게 퍼지지만, 선행과 미담 사례는 나무늘보처럼 느리게 전해진다.

여기서 문득 나무늘보는 과연 얼마나 느린지가 궁금해진다. 나무늘보는 보고 있자면 가슴이 답답해서 견디기 힘들 만큼 느리다. 1분당 3미터 정도 이동하는데, 바꿔 말하면 1미터를 이동하는 데 20초가 걸린다는 말이다. 그 엄청난 저속을 실감하고 싶다면 천천히 숫자를 세어 보자. 하나, 둘, 셋, 넷으로 시작해서 스물을 센다. 그동안 나무늘보가 이동한 거리는 겨우 1미터다. 그것도 컨디션이 좋아야 그 속도이다. 배가 부른 상태에서는 속도가 더 떨어진다고 한다. 당연히 배가 고파도 속도는 줄어들고, 새끼를 업어도 더 느려진다. 원래도 느린데, 더 느려질 핑곗거리가 참 많은 셈이다.

그런데 나무늘보가 느린 데에는 진화론적 이유가 있다. 나무늘보가 주식으로 삼는 잎은 영양분이 충분히 포함되어 있지 않아서, 그 잎을 주식으로 삼으면서도 생존하기 위해서는 에너지를 극도로 아껴야 한다. 에너지를 아끼는 가장 쉬운 방법이 바로 '느리게 움직이는 것'이다. 적게 벌고 적게 쓰는 사람들처럼 나무늘보는 적게 먹고 적게 움직인다. 나무늘보는 느려서 오

느리기 때문에 더 행복한 동물

래 살 수 있었던 것이다.

또 나무늘보는 많이 움직이지 않기 때문에 사냥당할 확률도 낮다. 움직임이 적으니, 독수리 등의 포식자로부터 덜 주목받는 것이다. 즉, 나무늘보는 느려서 오래오래 행복하게 사는 유유자적, 안분지족의 동물이다.

느려도 너무 느린 나무늘보는 사람이 보기엔 매력적인 생명체다. 아마 사람이 너무 바쁘게 살기 때문일 것이다. 느리게 사는 나무늘보는 하루를 바쁘게, 정신없이 살아가는 사람들에게 이렇게 조언할 것 같다.

"왜 그렇게 바쁘게 사나요? 뭘 그렇게 많이 손에 쥐고 싶어해요? 천천히 느리게 사세요. 자주 쉬어야 해요. 잠도 푹 자고요. 그리고 소중한 것을 하나만 골라 꼭 잡으세요. 우리가 나뭇가지를 꽉 붙잡듯이 말이죠."

그런 나무늘보도 비교적 빠르게 움직일 때가 있는데, 바로 물에서 헤엄칠 때다. 나무늘보는 분당 13미터를 헤엄친다. 엄청난 속도는 아니지만 육지에서보다 무려 4배가량 빠르다. 왜 나무늘보는 물에서만큼은 빠르게 헤엄치는 걸까? 바로 '사랑을 쟁취하기 위해서'이다. 게으른 나무늘보이지만 어떤 수컷은 죽음을 무릅쓰고 물살이 제법 빠른 강을 건넌다. 강 건너에서 들려오는 암컷 나무늘보의 울음소리를 듣고, 그를 만나기 위해서 강물로 뛰어드는 것이다. 사랑의 힘이란 대단하다. 사랑은 나무늘보도 달리게 한다.

느리기 때문에 더 행복한 동물

고양이처럼 숨으면
기분이 좋아진다

"우리는 고독, 침묵, 사생활에 굶주린 세상에 살고 있다."

영국의 작가 C.S. 루이스C.S. Lewis가 한 말이다. 누구나 가끔은 혼자 있고 싶은 욕구를 느끼지만, 그게 생각보다 어렵다. 주변에 사람들이 언제나 바글바글, 와글와글하니, 우리는 반드시 사람 사이에서 이리저리 휩쓸리게 된다.

주변 사람들이 훔쳐보거나 간섭하는 것만이 문제

는 아니다. 요즘 트렌드는 자신의 사생활을 SNS에 노출하는 것이다. 사생활은 SNS를 통해 수천, 수만 명에게 공개되고, 그들은 내 삶의 일거수일투족을 구경한다. 고독과 고요가 사라져 버린 참 피곤한 세상이 된 것이다.

만약 당신도 요즘 사람에게 지쳐 고독, 침묵, 사생활이 간절하다면, 고양이의 일상을 참고해보자. 고양이처럼 혼자만의 공간으로 쏙 들어가서 문을 닫아 버리는 것이다.

고양이는 상자에 들어가는 걸 무척 좋아한다. 그 이유는 두 가지 정도가 있다. 우선 태어나 자란 곳과 상자의 분위기가 비슷하기 때문이라고 한다. 야생의 많은 동물은 안전을 위해 좁고 사방이 막힌 공간으로 들어가 새끼를 낳는다. 그곳에서 태어난 새끼는 본능적으로 그런 상자 같은 작은 공간을 편안하고 안전하게 느낀다. 고양이와 비슷하게 사람 아이들도 텐트나 가구틈 같은 좁은 공간을 좋아한다. 좁고 아늑한 엄마 배속에 살았던 기억 때문일 것이다.

고양이처럼 숨으면 기분이 좋아진다

고양이가 상자를 사랑하는 두 번째 이유는, 상자가 프라이버시를 보호해주기 때문이다. 한집에 사는 고양이들은 각자의 상자 안에 들어가 자신의 사생활을 즐긴다. 고양이들은 자기 눈에 남이 보이지 않으면 자신도 남에게 안 보인다고 생각하기 때문에, 상자 속에 몸을 넣고 있으면 큰 안정감을 느낀다고 한다.

하지만 우리의 학교나 회사 사무실은 우리에게 고양이 상자 같은 공간을 허락하지 않는다. 우리에게는 남의 눈에 띄지 않을 나만의 작은 상자가 하나씩 필요하다. 그 속에서 비로소 우리는 고독과 사생활을 만끽할 수 있다.

고독의 힘을 일찍이 잘 알고 있었던 세기의 여배우 오드리 햅번은 〈라이프 매거진Life Magazine〉이라는 잡지와의 인터뷰에서 이렇게 말했다.

"나는 아주 자주 혼자 있어야 해요. 내 아파트에서 토요일 밤부터 월요일 아침까지 혼자 보내면 아주 행복하거든요. 내가 재충전을 하는 방법이죠."

나만의 고양이 상자를 여러 개 만들어 두자. 내 마

음속에, 나의 시간 속에, 내 집 속에, 오직 나만 숨을
수 있는 공간을 만들자. 너무 지칠 땐 책임도, 의무도
다 내팽개친 채 그 안에서 잠시 쉬자. 그래야만 우리는
마음을 다잡고 다시 세상에 나설 수 있다.

판다는
아무 데서나 잔다

　사람은 잠자는 장소가 딱 정해져 있다. 강아지도 선호하는 잠자리가 있다. 하지만 자이언트 판다는 다르다. 잠이 오면 아무 데서나 잔다. 바닥에서 편하게 잘 때도 있지만, 때로는 높은 나뭇가지 위에서 아슬아슬 균형을 잡으며 낮잠을 자기도 한다.

　어쩌면 그렇게 태평스럽게 잘 수 있을까? 이들은 어떤 곳에 있어도 안전하기 때문이다. 자이언트 판다의 야생 서식지에는 판다를 공격할 포식 동물이 없다. 자는 동안 누구도 자신의 목숨을 위협하지 않을 테니 어디서나 속 편하게 잘 수 있는 것이다.

하지만 고양이의 잠은 판다와 다르다. 전혀 태평하지 않다. 통계적으로 볼 때, 고양이는 잠을 많이 자는 동물이기는 하다. 미국 텍사스 동물구조협회SPCA의 홈페이지 정보에 따르면, 건강한 성체 고양이는 대부분 하루의 50%를 잠으로 보내는데, 그중 일부는 70%까지 자는 데 소비한다고 한다. 24시간 중 17시간 정도를 잔다는 뜻이다. 통계로 보면 엄청난 수면량이지만, 수면 시간이 길다고 해서 편안히 잔다는 뜻은 아니다.

고양이는 두 종류의 잠을 잔다. '얕은 잠'과 '깊은 잠'이다. 고양이의 수면은 주로 얕은 잠이다. 고양이는 하루에도 여러 번 얕은 잠을 자며 수면량을 채우는데, 이때 눈은 감고 있지만 그 외 감각은 모두 곤두세우고 있다. 자이언트 판다와 다르게 고양이의 서식지에는 천적이 존재하기 때문이다. 혹시 누가 접근해 공격한다 싶으면 잠에서 깨어나 즉시 대응할 수 있게 얕은 잠을 자주 자게 되고, 그만큼 제대로 된 숙면은 어렵다. 고

판다는 아무 데서나 잔다

양이가 오래 자는 것은 맞지만, 푹 잘 수는 없다는 뜻
이다.

고래와 돌고래도 마음 편히 잔다고 할 수 없다. 고래
의 수면 패턴은 전문용어로 'USWSUnihemispheric Slow-
Wave Sleep'이라고 말한다. 번역하면 '한쪽 뇌만 사용하
는 느린 파장 수면'이다. 뇌의 한쪽만 잠들고 다른 쪽
은 깨어 있는 것이다. 반쪽이 깨어 있어야 자면서도 숨
을 계속 쉴 수 있고, 위험한 일이 벌어지는지 경계도 할
수 있다. 바다사자, 닭, 수리 갈매기, 청둥오리, 매 등도
뇌의 반만 잠을 잔다.

고래나 고양이가 알면 판다를 무척 부러워할 것이
다. 두려울 게 없는 판다는 자유롭기 때문이다. 자유로
운 판다에게서 우리는 삶의 교훈 하나를 확인할 수 있
다. 자유롭고 싶다면 두려움을 지워야 한다는 것이다.

자도 자도 피곤한 우리는 어쩌면 고양이처럼 매 순
간 생존의 위협을 느끼고 있는지도 모른다. 알 수 없는
내일을 걱정하며 잠에 드니 제대로 된 숙면을 취할 수
없는 것이다. 내일의 숱한 걱정이 오늘 밤 머리를 복잡

하게 할 때, 때로는 자이언트 판다처럼 '그래서 어쩌라고'의 태도를 취해 보자. 나는 그 어떤 일이 닥치든 이겨낼 수 있는 강한 사람이고, 대단한 사람이라고. 조금 뻔뻔한 태도를 가져 보자.

바다의 요리사,
돌고래

돌고래의 지능이 높다는 사실은 많이 알려져 있지만, 돌고래가 똑똑한 요리사라는 사실은 들어본 적이 없을 것이다. 어떤 돌고래는 먹이를 그냥 먹지 않는다. 사냥한 것을 꿀꺽 삼켜서 빨리 배를 불리는 게 동물의 본능이지만, 돌고래는 결코 서두르지 않는다. 요리사가 음식을 조리하듯, 돌고래도 조심조심 정교하게 먹이를 손질한다.

영국 엑시터 대학교 톰 트레젠자Tom Tregenza 등의 동물학자들이 호주 남동쪽의 스펜서 만에서 병코돌고래 암컷의 특이한 식사 모습을 여러 번 목격했다. 놀랍게도, 병코돌고래는 사냥한 갑오징어를 그냥 먹지 않았다. 요리사가 재료를 손질하듯 섬세하게 다듬어서 입에 넣었다. 그 절차도 제법 복잡했다.

돌고래의 오징어 손질은 3단계를 거친다. 1단계는 사냥이다. 먼저 바닥에 있는 오징어를 향해 전광석화처럼 빠르게 돌진한다. 주둥이에 부딪힌 오징어는 내부의 뼈가 부러져 즉사한다. 2단계는 먹물 빼기다. 돌고래는 축 늘어진 오징어를 입에 물고 떠오르면서 여러 번 흔든다. 먹물은 소화를 방해하고 맛도 없기 때문이다. 이 과정에서 오징어의 몸통에서 빠져나온 먹물은 바닷속에 물감처럼 퍼진다.

3단계는 뼈 제거 작업이다. 먹물을 뺀 오징어를 물고 바다 바닥에 문지른다. 곧 오징어의 살갗이 벗겨지고 뼈가 몸통에서 빠져나간다. 영양가도 없고 먹기도 불편한 뼈까지 제거한 뒤에야 돌고래는 비로소 오징어를 맛있게 먹는다.

사람이 생선의 내장을 빼고 뼈를 추려서 생선회를 준비하듯이 돌고래도 오징어를 정교하게 손질해서 먹는다. 사실 오징어 먹물과 뼈를 그대로 먹는다고 해서 돌고래의 몸에 큰 이상이 생기는 것은 아니다. 과학자들이 보기에 돌고래에게 요리는 삶의 필수 요소가 아닌데도, 돌고래는 비효율적인 먹이 손질을 선택한다. 더 맛있게 먹기 위한 행동이라고밖에는 설명할 수 없다. 요컨대 돌고래는 취향이 확실한 미식가다. 돌고래가 오징어를 손질하는 장면을 본 한 연구자는 "돌고래는 동물 몸에 갇힌 천재"라고 평가하기도 했다.

우리는 돌고래의 정성을 닮아야 한다. 사람들은 컵라면이나 김밥 등 무성의한 간편식을 자신에게 자주 먹인다. 오늘 하루도 포기하지 않고 살아내느라 힘이 다 빠져서, 공부에, 일에 치여 진이 빠져서, 정작 자기를 돌볼 힘이 남지 않기 때문이다. 자신에게 맛있는 요리를 선물할 줄 아는 돌고래가 우리를 본다면 꽤 가여워할지 모를 일이다.

자신을 위해 세심하게 식사를 준비하는 돌고래처

럼, 우리는 우리에게 정성스러운 음식을 대접해줄 필요가 있다. 타인은 나를 아껴주지 않을지언정, 나만은 나를 귀하게 여겨야 한다.

따듯한 커피는
마음도 덥혀준다

마음이 쓸쓸하거나 우울할 때는 어떻게 해야 할까? 따뜻한 커피나 차를 마시는 것이 좋은 방법이다. 커피의 온기 덕분에 마음이 따뜻해지기 때문이다.

어렴풋이라도 기억하고 있을 것이다. 어릴 적 엄마나 아빠의 품에 안기면 포근했던 기억을 말이다. 엄마 아빠의 따뜻한 체온은 아이의 마음속으로 스며들어 아이를 편안하게 한다. 말하자면 물리적 온기가 심리적 온기로 전환되는 셈이다. 커피도 이와 비슷한 방식으로 우리의 마음을 데워준다.

미국 콜로라도 대학의 심리학자 로렌스 윌리엄스 Lawrence E. Williams 교수는 2008년에 재미있는 연구를 했다. 교수는 먼저 실험 대상으로 모집한 사람들에게 한 가지 부탁을 했다. 실험을 위해 준비한 커피잔을 잠시 들고 있어 달라는 부탁이었다. 커피는 차가운 커피와 뜨거운 커피 두 종류 중 하나가 임의로 주어졌다. 그리고 교수는 이어, 커피잔을 들어줬던 사람에게 "당신에게 커피잔을 맡겼던 사람의 성격이 어떨 것 같나요?"라고 질문했다.

결과가 무척 재밌다. 따뜻한 커피잔을 손에 쥐었던 실험 참가자는 차가운 커피잔을 손에 쥐었던 실험 참가자에 비해 상대를 훨씬 관대하고 우호적인 사람일 것이라고 평가했다. 따뜻한 커피잔을 쥐었던 이들이 유독, 부탁한 사람의 성격이 따뜻하고 친절해 보였다고 답했던 것이다. 손에 쥐었던 따뜻한 커피의 온기가 마음도 따뜻하게 데워 다른 사람을 호의적으로 바라보도록 했다는 말이 된다.

따뜻한 커피는 마음도 덥혀준다

요컨대 쌀쌀할 때 따뜻한 커피를 마시는 것은 몸을 데우기 위해서만은 아니다. 따뜻한 커피는 마음도 따뜻하게 해준다. 어디 커피만 그럴까. 누군가의 따사로운 손길도 행복을 준다. 또 따스한 말도 따뜻한 커피 이상의 위로가 된다. 미소 역시 마찬가지다. 이렇게 우리의 시린 마음을 데워주는 것이 세상에는 무척 많다.

커피 이야기가 나왔으니 흥미로운 정보를 하나 더 알아도 좋겠다. 머그잔의 색깔이 커피 맛에 영향을 끼친다는 사실이다. 2014년 옥스퍼드 대학교의 심리학자 찰스 스펜스Charles Spence가 발표한 논문에 따르면, 하얀색 머그잔으로 커피를 마시면 같은 종류의 커피라도 풍미가 아주 강하게 느껴진다고 한다. 강한 맛을 느끼고 싶은 날에는 하얀색 잔을 택하면 되는 것이다. 파란색은 맛의 강도가 중간이고, 검은색 잔은 맛이 가장 약했다.

그리고 달콤함의 정도도 잔의 색에 따라 달랐다. 같은 커피라도 더욱 달콤하게 느끼고 싶다면 파란색이나 투명한 머그컵을 이용하면 된다. 하얀색 잔은 음료를

실제보다 덜 달게 느끼도록 한다. 커피잔의 온도뿐만
아니라 커피잔의 색깔도 우리 미각에, 마음에 영향을
끼친다.

따듯한 커피는 마음도 덥혀준다

돈으로
행복을 사는 방법

우리는 돈이 부족해서 불행한 것이 아니다. 돈을 제대로 쓸 줄 몰라서 우울해진다. 같은 돈을 써도 더 행복해지는 방법이 있다. 캐나다 브리티시 컬럼비아 대학교의 심리학자 엘리자베스 던Elizabeth Dunn 교수는 '행복한 지출법' 세 가지를 제시했다.

첫 번째로 물건이 아니라 경험을 사야 한다. 신형 스마트폰이나 유행하는 옷도 물론 우리에게 즐거움을 선사하지만, 누구나 알듯 이 짜릿함은 금방 시들해진다.

한두 달만 지나도 신형은 구형이 되고, 유행은 낡은 것이 되어 버린다.

하지만 경험을 사면 다르다. 경험 구입이란 여행을 가고 공연을 관람하는 것 등이다. 독서 취향이 비슷하거나 같은 직업을 꿈꾸는 사람들을 만나는 오프라인 모임에 나가서 쓰는 돈도 경험 구입 비용이다. 경험은 신형 스마트폰처럼 즉각적인 쾌감을 주지는 않지만, 나를 영구히 성장시킨다. 신형 스마트폰은 절대로 할 수 없는 일이다.

두 번째로 소비 시점을 미뤄야 더 행복하다. 인간이 생활을 유지하려면 물건을 구입해야 한다. 또 삶의 질을 높이기 위해 여행을 가고 싶을 때도 있다. 이때 생필품, 비행기편, 여행지의 숙소 등을 급하게 결정해서 돈을 써버리는 것보다는 고민의 시간을 길게 갖고 상품을 천천히 구입하는 것이 행복감에는 더 도움이 된다. 그래야 지출 전까지 선택의 즐거움과 기대감을 더 오래 느낄 수 있기 때문이다. 게다가 시간 여유는 더 현명한 선택을 하도록 돕기도 한다.

돈으로 행복을 사는 방법

세 번째로 작은 지출을 자주 해야 행복하다. 몰아서 크게 쓰기보다는 소소한 소비를 자주 하는 게 더 기분 좋다. 비싼 외식을 위해서 한 달 내내 참지 말고, 가성비 좋은 식당에서 자주 식사하는 편이 현명하다. 작지만 '확실한' 행복을 택하라는 말이다.

엘리자베스 던 교수가 제시한 세 가지 조건 외에 하나의 조건을 덧붙이고 싶다. 돈은 '나 자신'을 위해 써야 더 행복하다는 것이다. 20세기 초반의 미국 배우 겸 작가 윌 로저스Will Rogers가 이 원칙을 정확히 꿰뚫고 있었다.

"좋아하지도 않는 사람에게 잘 보이기 위해 원치 않는 물건을 사는 데 돈을 낭비하는 사람이 너무 많다."

남에게 과시하려고 물건을 사는 사람은 남을 위해서 돈을 쓰는 셈이다. 남이 감탄할 만한 물건을 구입하는 데 내 돈을 쓰는 건 어리석다는 뜻이다. 내가 힘들여 번 돈은 남의 눈을 호강시키는 일이 아닌 내가 정말 필요한 일에 써야 한다.

돈이 많아야만 행복해질 수 있는 것은 아니다. 돈이

좀 부족해도, 자신의 주머니 사정 내에서 현명하게 지출한다면 얼마든지 행복해질 수 있다. 돈을 더 버는 일에 집착하기 이전에, 가진 것을 잘 쓸 줄 아는 지혜를 갖춘다면 우리는 조금 가난해도 자주 행복할 수 있다.

돈으로 행복을 사는 방법

꽃으로
미소를 살 수 있다

　미국의 한 과학자가 실험을 했다. 사람들에게 '예쁜 양초', '과일 바구니', '꽃다발'을 선물하고 그들의 반응을 관찰한 것이다. 어떤 선물을 받은 사람이 가장 행복해했을까? 문화권이나 개인 취향에 따라 결과가 다를 수 있겠지만, 해당 실험에서는 '꽃다발'이 가장 기쁜 선물이었다고 한다.

　기쁨의 정도는 '웃음의 진정성'을 기준으로 분석되었다. 우리는 누군가에게 받은 선물이 마음에 들지 않을 때, 속으로는 실망했어도 겉으로는 기쁜 듯 웃으며 연기를 하게 된다. 양초와 과일을 선물 받은 사람들이 이렇게 어색하게 웃으며 연기하는 모습을 보였다고 한다. 반면 꽃다발을 받은 사람 중에는 진심 어린 미소를 짓는 경우가 많았다. 입, 뺨, 눈이 조화를 이루면서 자연스럽게 움직였던 것이다.

연구팀은 꽃다발이 사람들의 진심 어린 미소를 유발한 이유도 분석했는데, 그것은 바로 꽃다발에서 풍기는 꽃향기였다. 미국 럿거스 대학의 유전학자 테리 맥과이어Terry McGuire 박사의 연구에 따르면, 꽃향기는 행복의 가능성을 3배나 높여준다. 사람은 꽃향기를 맡은 순간 반사적으로 미소를 짓게 된다. 그리고 미소를 짓는다는 건, 마음이 행복해졌다는 증거이기도 하다.

재밌는 건, 꽃의 종류도 사람의 심리에 영향을 미친다는 점이다. 긴장을 풀고 편안해지도록 돕는 것은 장미의 향기이다. 가시 있는 장미가 마음에서 가시를 빼주는 셈이다. 또 라벤더나 재스민은 불안감을 해소시켜서 축 처진 기분을 다시 띄워준다.

꽃으로 미소를 살 수 있다

행복해지기 위해 꼭 누군가에게 꽃다발을 받아야 하는 것은 아니다. 꽃이 피어 있는 자연으로 나가도 행복감이 높아진다. 누구나 체험으로 안다. 자연 속에서 사람은 더욱 행복해진다는 것을 말이다. 그런데 이와 관련해서 아주 구체적인 연구를 한 과학자도 있다. 영국 서섹스 대학의 지리 환경학과 교수 조지 맥케론 George MacKerron은 '어떤 날씨에 어떤 곳에 가야 가장 행복할까?'를 주제로 연구를 진행했는데, 날씨가 따뜻한 날에 물이 있는 강가나 바닷가에 가면 가장 높은 행복 수준을 경험할 수 있다고 한다.

기분이 가라앉은 날에는 꽃향기만 맡아도 행복이 다시 피어난다. 날씨가 따뜻한 날 강변 산책을 해도 그렇다. 두 가지를 합치면 행복은 더 커질 것이다. 꽃구경을 하고 꽃향기도 맡으면서 햇살 좋은 강가를 걷는 것. 왠지 모르게 울적한 날의 나를 위한 가장 완벽한 산책이다.

가짜로라도
자꾸 웃어야 하는 이유

가짜 미소는 힘들다. 돈을 벌기 위해서, 또는 누군가 시켜서 어쩔 수 없이 미소 지어야 하는 건 아주 괴로운 일이다. 그런데 만약 그 미소를 내가 자발적으로 선택한 것이라면, 상황은 달라진다. 이때의 가짜 미소는 내게 행복을 가져다줄 수도 있다.

지금 가짜 미소를 지어보자. 평소에 웃을 때처럼 입꼬리를 올리고, 눈도 가늘어지도록 감아 보면 된다. 그러면 신기한 일이 일어난다. 뜻밖에도 가짜 미소가 내

가짜로라도 자꾸 웃어야 하는 이유

마음을 편안하고 기분 좋게 만든다. 뇌가 우리의 가짜 미소에 속아 넘어갔기 때문이다.

미국 캔자스 대학의 심리학자 사라 프레스만Sarah Pressman 교수의 2012년 연구가 이 사실을 밝혀냈다. 연구팀은 무표정한 사람과 가짜 미소를 짓는 사람들의 심장 박동을 비교했는데, 같은 스트레스 상황에서 억지 미소라도 짓는 사람의 심장 박동이 더 느렸다고 한다. 혈압이 낮아지는 결과도 있었다.

왜 가짜 미소는 마음을 편안하게 만들까? 앞서 말했듯이, 가짜 미소가 뇌를 속이기 때문이다. 웃음을 지었기 때문에 뇌가 나에게 좋은 일이 일어났다고 판단하는 것이다. 속아버린 뇌는 심장과 혈압에 "이제 긴장 풀어도 돼!"라는 지시를 내려 안정시킨다.

안정적이라는 건 흔들리지 않는다는 뜻이고, 흔들리지 않는다는 건 강하다는 뜻이기도 하다. 요컨대 미소는 사람을 강하게 만든다. 스트레스가 밀려올 때, 씨익 미소를 지으면 버틸 힘이 솟는다. 나쁜 일 앞에서도 웃을 수 있는, 바위처럼 강한 사람이 될 수 있다.

또한 미소는 나에게만 유익한 것이 아니다. 내가 아끼는 나의 주변 사람들 역시 나의 미소 덕분에 삶의 어둠에서 벗어날 수 있다. 미국의 자기계발 작가 데일 카네기Dale Carnegie는 말했다.

"당신의 미소는 그것을 보는 사람들의 삶을 밝게 한다. 당신의 미소는 구름 사이에서 비치는 햇빛과 같다."

진짜 미소면 더할 나위가 없겠지만, 사실 요즘 세상에 진심을 다해 웃을 일이 많지는 않다. 가짜 미소라도 지으면 좋다. 미소가 나를 강하고 행복하게 만든다. 나의 미소는 또한 주변 사람들도 감동시킨다.

억지로라도 웃어 보자. 금세 마음이 좋아진다. 웃을 일이 없어도 웃으면 행복해진다. 참 이상하고도 고마운 삶의 이치다.

가짜로라도 자꾸 웃어야 하는 이유

재채기의
기쁨

　인생의 위기란 이런 것이다. 커피로 가득 찬 컵을 들고 걸어가는데 갑자기 코가 간질거리기 시작하고, "에취!" 재채기가 나온다. 손가락에 뜨거운 커피가 쏟아져 한바탕 소란을 피운다. 하루는 소개팅 상대와 밥을 먹는데 재채기가 나오려고 한다. 잘 보이고 싶었던 사람 앞에서 일그러진 바보 표정을 짓게 될 것이다. 심각한 위기 상황이 아닐 수 없다.

　콧속이 못 견디게 간질간질할 때가 있다. 고개가 뒤

로 젖혀지면서 눈을 감고 입을 벌리게 된다. 1초 정도 얼어붙었다가, "에취!" 소리를 내면서 입에서 공기를 뿜어낸다.

이것은 바로 재채기의 과정이다. 그런데 시시각각, 예상치 못한 순간에 우리의 일상을 곤란하게 하는 재채기는 사실 우리가 더 나은 삶을 살 수 있도록 도와주고 있다.

우선 재채기를 하면 속이 시원해진다. 간질거리는 느낌이 사라지기 때문이다. 재채기는 먼지나 꽃가루 등이 코와 목의 점막을 자극하기 때문에 발생하는데, 재채기를 하면 그 불순물들을 거센 날숨에 실어 날려 버릴 수 있어 시원함을 느낄 수 있다.

재채기의 기쁨은 더 있다. 재채기를 하면 쾌락 호르몬이라 불리는 엔도르핀endorphin이 분비된다. 이 때문에 재채기를 하면 신나는 일이 생긴 듯 짜릿하고 에너지가 넘치는 기분을 느낄 수 있다.

미국의 가수 스테판 젠킨스Stephan Jenkins는 재채기를 특별히 찬양하는 사람이다.

"재채기와 노을 보기를 제외하면 음악만이 세속적 세상 너머로 당신을 데려간다. 나머지는 다 엉터리다."

음악을 들으면 우리의 마음은 딴 세상으로 빠져든다. 해가 지는 광경을 보는 내 마음도 아름다운 곳으로 여행한다. 재채기도 비슷하다. 엔도르핀 때문이건, 아니면 점막 자극 물질을 제거하기 때문이건, 재채기를 하면 시원하다. 마음이 상쾌해진다.

단, 그래도 소개팅 자리에서는 피하는 게 좋기는 하다. 출퇴근길 지하철에서도 피해야 하고, 어쩔 수 없는 상황이라면 손수건 등으로 입을 가려야 한다. 바이러스가 무서운 세상이니까.

그런데 눈치를 보지 않아도 되는 재채기도 있다. 몸의 재채기는 몰라도 마음의 재채기는 자주, 마음껏 해도 된다. 내 마음에 들어온 이물질과 불순물은 일부러 자주 뱉어내는 것이 좋다. 잡념, 미움, 자책, 두려움이 바로 그 나쁜 불순물이다. 부정적인 감정이 나를 지배하기 전에, 그 감정들을 재채기하듯 당장 날려 버리면 편안하고 행복한 새 세상으로 이동하게 된다. 음악을 듣고 노을을 보는 것과 비슷한 효과다.

　　마음이 힘들 땐, "에취!" 소리와 함께 힘든 일을 밖으로 내보내 버리자. 불안과 후회로 간질거리던 마음의 먼지를 툴툴 털어 버리자.

감동하면
건강해진다

아름다운 자연 풍경 앞에서는 "와~" 하고 탄성이 나온다. 새벽의 붉은 일출을 산 정상에서 구경하는 경이로운 경험 앞에서도 저절로 감동하게 된다. 예쁜 그림이나 꽃을 봐도 그렇다. 감동의 탄성을 지르는 순간 마음이 시원해진다. 생활하면서 쌓인 걱정이나 슬픔이 사라져 버리는 것이다. 그런 마음의 평화를 느끼고자 우리는 산을 오르고 전시회를 찾는다.

감동은 마음뿐 아니라 몸에도 좋다. 감동을 많이

느끼는 사람은 건강해지고 암에도 덜 걸린다. UC 버클리 대학의 과학자 에이미 고든Amie Gordon 박사가 2015년 진행한 연구에 따르면, 암과 같은 질병을 일으키고 우울증의 원인이 되는 물질인 '염증유발 사이토카인 pro-inflammatory cytokine'을 줄이는 게 바로 감동이었다.

좋은 감동을 얻기 위해서는 자연 속으로 걸어가는 게 가장 좋은 방법이다. 압도적으로 웅장한 자연 풍경이 아니어도 좋다. 꽃과 나비와 바람 등 작고 경이로운 자연의 일부도 우리에게 깊은 감동을 줄 수 있다. 근처에 숲이 없다면 미술관으로 가는 것도 좋은 방법이다. 예술 작품은 미적인 감동을 일으킨다.

이 외에도 감동을 느낄 수 있는 원천은 무궁무진하다. 아름다운 음악에 빠져들 수도 있고, 종교적 활동을 할 수도 있다. 한 권의 책이 강렬한 감동을 주는 경우도 자주 있다. 무엇이든 내가 몰입해서 기쁨을 느낄 수만 있다면, 그것이 바로 감동의 원천이다.

그렇게 축적한 감동이 우리의 몸과 마음에 긍정적인 영향을 끼친다. 마음을 풍요롭게 하고 육신의 생명

감동하면 건강해진다

력을 강하게 만들어 준다. 뒤집어서 말할 수도 있겠다. 몸을 해치는 암, 마음에 치명적인 우울증을 예방할 힘이 우리 속에 있다. 그것이 바로 감동이다. 사소한 일에 감동할 줄 아는 사람의 인생이 건강하다.

사랑하는 사람의
꿈을 꾸는 법

　우리가 꾸는 꿈 중 기분 좋은 꿈은 많지 않다. 무섭거나 안타깝거나 이상한 꿈이 대부분이다. 또한 기억에 오래 남는 꿈도 많지 않다. 사람들은 꿈 내용의 90% 정도를 잊어버린다고 한다.

　꿈에는 수없이 많은 사람이 등장한다. 그 많은 사람은 다 어디에서 온 것일까? 뇌가 가공의 인물을 만들어 꿈에 투입한 것일까? 미국 스탠포드 대학교의 신경과학 연구소는 우리가 만난 꿈속의 사람들은 사실 모두 아는 사람일 것이라고 설명한다. 그러니까, 꿈에서 우리를 쫓는 사람은 낯선 사람이 아니라 우리가 실제로 만나 본 사람일 확률이 높다는 뜻이다. 금방 납득하기 어려운 말이다. 분명 전혀 모르는 얼굴을 꿈에서 봤다고 거의 모든 사람이 주장할 것이다.

하지만 연구소의 설명에 따르면 그건 우리의 착각이다. 꿈속의 낯선 얼굴은 사실은 우리가 보고도 기억 못 하는 얼굴이다. 깨어 있는 동안 우리는 수없이 많은 얼굴과 마주친다. 지하철과 버스를 무수한 타인과 함께 타고, 길거리에서도 수많은 사람과 스쳐 지나간다.

우리가 직접 마주하는 사람뿐만 아니라, 영화나 SNS 같은 미디어에서도 끊임없이 타인의 얼굴을 본다. 그렇게 하루에도 수천 명의 얼굴을 보지만, 그 모든 얼굴을 다 기억하지는 못한다. 하지만 우리의 뇌는 그 얼굴들을 데이터베이스에 다 저장해두었다가 꿈속으로 풀어 넣는다.

연구자들에 따르면, 꿈은 깨어 있을 동안의 기억을 정리하는 과정이다. 우리의 의식은 하루 중 마주친 사람들의 얼굴을 모두 기억하지 못하지만, 뇌가 무의식 속에 모두 기억했다가 꿈에서 되새기고 분류하고 정돈한다. 꿈에 나타난 사람은 뇌가 창조한 가공의 인물이 아니라 이미 우리가 본 인물인 것이다.

그런데 애석하게도, 꿈은 내가 좋아하는 사람을 잘 보여주지 않는다. 과거에 헤어졌거나 지금 짝사랑하는 사람이 꿈에 나타나면 얼마나 좋을까. 슬프게도 꿈에는 이 사람이 누구인지 헷갈리거나, 내가 싫어하거나, 별로 관심 없는 사람들만 자주 출현한다. 꿈은 비호감 배우들만 나오는 드라마 같다.

그렇다면 내가 좋아하는 사람이 꿈에 나오게 할 수는 없을까? 과학적인 연구 결과는 없지만, 통설은 있다. 영미권에서 통하는 이야기에 따르면 잠자리에 누워서 그 사람을 깊이 생각하는 게 도움이 된다고 한다. 또 마음속으로 이름을 부르거나 자기 전에 사진을 봐도 꿈에 그 사람이 나타날 확률이 높아진다고 한다. 간절히 집중하는 사람에게 꿈이 반응한다는 것인데, 과학적 근거도 없는 이런 주장을 많은 사람들이 믿고 시

사랑하는 사람의 꿈을 꾸는 법

도해보는 이유는 있을 것이다. 우리는 사랑하는 사람을 꿈에서라도 볼 수 있길 간절히 원하기 때문이다.

비록 하룻밤 꿈에 불과할지라도, 누군가를 꿈에서 만나면 실제로 그를 만난 것 같은 느낌을 받을 수 있다. 멀리 있어도 곁에 있는 것처럼 느끼는 것이다. 보고 싶은 사람이 있다면, 속는 셈 치고 잠들기 전 간절히 그의 이름을 불러 보고, 그의 사진을 꺼내 보는 건 어떨까? 매일 그 사람이 나타나지는 않더라도, 가끔이라도 그가 꿈에 나타난다면 하루 종일 행복할 것이다.

여행을 떠나기 전이
더 행복한 이유

기대감이 정말로 행복의 적일까? "기대하지 않을 수록 인생이 평화롭다."라거나 "사람에게 기대하지 말아야 실망도 적다."라고 조언하는 이들이 적지 않다. 그러나 꼭 맞는 말은 아니다. 사실 기대감은 없어서는 안되는 행복의 필수 조건일 때가 많다.

여행의 과정을 생각해보면 기대감이 얼마나 좋은 것인지 가늠해 볼 수 있다. 지긋지긋한 직장에 매여 있던 사람이 꿈 같은 휴가 여행을 보내고 회사로 복귀했다고 하자. 그는 행복할까? 충전된 배터리처럼 마음이 행복감으로 가득할까? 아니면 기대감을 가지고 여행 계획을 세우던 때가 더 행복할까? 네덜란드의 심리학자 제로엔 나윈Jeroen Nawijn이 이 문제를 연구했다.

연구 결과는 뜻밖이었다. 여행 계획을 세우는 동안에는 높은 행복감이 8주 동안 지속되었다. 그런데 정작 여행을 다녀온 직후 사람들의 행복감은 평소 수준으로 뚝 떨어졌다. 여행지에서 스트레스를 받은 사람은 물론이었고, 여행이 아주 편하고 즐거웠다고 답한 사람도 결과는 같았다. 여행이 끝나자마자 행복도 종료되어버린 것이다. 아무리 만족스러운 여행이라도 곧 잊히고 만다.

그런데 여행을 계획하는 동안에는 행복감이 오랫동안, 높이 유지된다. 8주, 그러니까 무려 2달 동안 행복과 기쁨을 느끼게 한 것은 바로 여행에 대한 기대감이었다. 여행지에서 감각하게 될 설렘과 자극을 여행 계획을 세우는 동안 상상해보고, 이로 인해 느낀 기대감이 직장인들을 행복하게 만들었던 것이다.

요컨대 기대감은 행복의 조건이다. 기대감이 우리를 불행하게 만들 때도 있지만, 여기서의 기대는 현실적이지 않은 지나친 기대이거나 타인을 배려하지 않은 이기적인 기대다. 적당하고 현실적인 수준의 기대감은 인생을 행복하게 한다.

그럼에도 무언가를 기대하는 일을 비관적으로 느낀다면, 어쩌면 기대했다가 실망할지 모른다는 두려움이 내 마음 깊은 곳에 숨어 있는 것인지도 모른다. 하지만 상처를 각오하지 않으면 행복은 다가오지 않는다. 때로는 상처받을지언정 삶에 진심을 다하는 것이, 한 번뿐인 인생을 즐기는 더 좋은 방법이다. 기대를 품을 용기가 있어야 삶이 더욱 신난다. 아직 오지 않은 내일에 사소한 기대를 품어 보는 것은 어떨까?

여행을 떠나기 전이 더 행복한 이유

행복은
작을수록 좋다

사람이 얼마나 행복할지 결정하는 변수는 세 가지다. 개인의 의지, 환경, 유전이 그것이다. '개인의 의지'는 어떤 마음으로 삶에 임하고, 좋은 삶을 위해 어떤 노력을 할지 나 스스로 다짐하는 것으로, 당연히 나의 행복 여부를 좌우한다. 나를 둘러싼 '환경'도 행복감을 좌우하고 내가 어떤 기질을 '유전' 받았느냐도 중요한 변수다.

위 세 가지 중에서 가장 힘이 센 것은 무엇일까? 연

구에 따르면, 그건 '유전'이다. 유전이 인간의 행불행을 결정하는 비중은 50%나 된다고 한다. 행복한 성격을 타고났다면 행복하게 살 확률이 50% 정도가 되며, 불행한 유전자를 상속받았다면 불행한 삶의 확률이 50% 정도가 되는 것이다. 나머지 50%가 개인의 의지와 환경의 몫이다.

한 사람이 행복할지 불행할지가 태어날 때 절반 정도는 결정된다는 사실은 미국 미네소타 대학의 행동 유전학자 데이비드 리켄David Likken 교수가 쌍둥이 1,300쌍을 연구한 후 내린 결론이다.

불행한 유전자를 가지고 태어난 사람은 불행하게 살 확률이 높다니. 이처럼 절망적인 말이 또 어디에 있을까. 그런데 그 유전학자가 덧붙인 조언이 눈길을 끈다. 유전적 한계나 환경의 제약을 넘어서는 행복의 방법이 있다는 것이다. 그것은 바로 '소소한 즐거움을 추구하는 습관'이다. 작은 즐거움을 자주 느끼면 우리는 우리의 유전자를 이겨내고 더욱 행복해질 수 있다고, 유전학자는 말했다.

행복은 작을수록 좋다

"만족감은 작은 것들에서 와요. 작지만 행복을 느낄 수 있는 행동을 지속적으로 하면 유전이 정해놓은 행복 점수를 뛰어넘을 수 있어요. 좋은 식사를 하고, 마당에서 땀 흘려 일하고, 친구들과 시간을 보내는 일들 말입니다."

미국의 동화 작가 샤론 드레이퍼Sharon Draper도 같은 의미의 말을 남겼다.

"완벽한 행복은 아름다운 석양이고, 손주들의 낄낄대는 웃음이며, 첫눈이에요. 행복한 순간을 만드는 것은 작은 일들이지, 큰 사건이 아닙니다. 매 순간을 벌컥벌컥 들이켜지 말고 한 모금씩 마셔야 기쁨을 느끼게 됩니다."

오늘 행복하고 싶다면 소소하게 기뻐할 수 있는 일을 찾아야 한다. 거대한 금전적 성공, 완벽한 결혼, 자랑스러운 합격도 좋지만, 그보다 훨씬 작으면서도 좋은 일이 분명 있을 것이다. 소중한 사람과의 즐거운 전화 통화, 일주일을 기다린 재미있는 TV 프로그램, 운동을 마친 후 한 모금씩 마시는 음료수와 같은 아주 평범하고, 그래서 고마운 일들이.

　속지 말자. 큰 것은 가짜다. 사소한 것들이 우리를 행복하게 만드는 진정한 친구들이다. 그런 좋은 친구들이 우리 주변에 아주 많아 다행이다.

행복은 작을수록 좋다

껴안는 순간
스트레스가 사라진다

다음에 소개할 말은 호주 배우 휴 잭맨Hugh Jackman
이 했던 말인데, 세상의 모든 부모가 다 공감할 것이다.

"내가 집에 돌아오면 딸이 문 쪽으로 달려와서 꼬
옥 껴안아 줍니다. 그러면 그날 일어났던 모든 것들이
녹아 사라져 버려요."

아이가 안아주면 아빠 엄마의 머릿속은 단번에 방
역이 된다. 스트레스, 분노, 좌절, 걱정 등 해로운 것들
이 깨끗이 씻겨 사라진다. 그리고 그 빈 곳을 행복감이

채운다. 감사와 기쁨도 엄마 아빠의 마음 한자리를 차지한다.

요컨대 껴안으면 행복해진다. 바로 '옥시토신 oxytocin' 때문이다. 포옹 호르몬이라고도 불리는 옥시토신은 우리가 껴안을 때 뇌에서 분비되어 마음을 행복하게 만든다. 포옹은 힘이 세다. 사랑하는 사람을 껴안는 것만으로 마음이 편해지고, 나른한 상태가 된다. 스트레스를 씻어내고 편안해지고 싶다면, 옆에 있는 사람을 껴안으면 된다.

포옹은 또한 사람 사이의 유대감을 높여준다. 아기와 엄마는 일찍부터 서로 마주보며 비비고 껴안기를 반복한다. 그렇게 둘의 마음은 하나가 된다. 떨어져서는 견딜 수 없는 영원한 유대감이 생기는 것이다. 꼭 가족이 아니더라도, 껴안기는 두 사람을 친하게 한다. 오랜만에 만난 친구의 손을 잡는 것도 좋지만, 가볍게 안아주는 순간에 우정이 더욱 깊어지는 것처럼 말이다.

엄마, 아빠, 친구, 연인과 포옹을 하면 기분 좋은 공짜 이득이 생긴다. 물론 강아지, 고양이 같은 반려동물

껴안는 순간 스트레스가 사라진다

을 껴안아도 효과는 비슷하다. 행복해지고 싶다면 자주 포옹하면 된다. 껴안을 사람이 없고, 강아지도 없더라도 포기하지 말자. 커다란 곰인형도 괜찮으니까.

모든 사람들은
사실 투명인간이다

사람들에게는 질긴 망상이 있다. 지금도 나를 누군가가 지켜보고 있을 것이라는 망상이다. 실체 없는 타인의 시선에서 벗어나는 게 참 어렵다. 말하자면 거리나 지하철에서 타인의 시선이 와닿는 느낌이 든다는 것인데, 이는 즉 타인의 시선을 의식하고 남 눈치를 자주본다는 이야기다. 아주 피곤한 일이다.

그런데 사실 사람들은 나를 보지 않는다. 물론 시선을 주변 사람에게 간혹 던지기는 한다. 또 지하철에서 서로 눈이 마주칠 때도 있다. 그러나 신경 쓸 것 없다. 사람들은 웬만하면 서로를 유심히 보지 않는다. 나를 열심히 관찰하는 사람은 없다고 믿으며 살아도 된다.

1998년 하버드 대학교의 심리학자들이 진행한 유명한 실험이 하나 있다. 실험은 연구원 A가 행인을 붙잡고 길을 물어보는 것에서 시작된다. 행인이 A에게 길을 설명하는 도중, 인부 두 명이 큰 판을 들고 A와 행인 사이를 지나간다. 그리고 그 짧은 순간 A는 다른 사람으로 바뀐다. 인부들이 지나가면 행인의 눈앞에는 그가 처음 봤던 사람과 키나 체형이나 차림새가 전혀 다른 사람이 서 있게 되는 것이다.

길을 가르쳐 주던 행인은 사람이 바뀐 걸 알아차릴까? 대부분의 독자는 당연히 알아차리겠거니 생각할 것이다. 방금 대화를 주고받던 사람인데 어떻게 모를 수 있을까 싶다. 하지만 실험 결과는 놀라웠다. 실험에 참가한 행인 중 절반 정도만 사람이 바뀐 걸 알아차린 것이다. 나머지 절반은 사람의 교체 사실을 전혀 알지 못했다. 실험의 결론은 단순명쾌하다. 사람은 다른 사람을 제대로 보지 않는다. 유심히 보기는커녕 건성으로도 보지 않는다.

그러니 타인의 시선이 피곤한 현대인들은 이제 안심해도 괜찮다. 길에서 마주치는 무수한 타인 중에서 그 누구도 나를 유심히 보지 않기 때문이다. 나의 걸음걸이, 옷차림, 외모는 그들의 시선을 끌지 못한다. 남의 시선을 신경 쓰면서 살 이유가 없다. 피해를 주지 않는 선에서 내 멋대로 입고 걷고 행동해도 상관없다.

얼마나 다행인가. 나는 투명 인간이다. 사람들은 각자 자기 문제에 대해 고민하느라 바빠 나를 보지 않는다. 남의 시선 같은 것은 잊어도 괜찮다.

행운을 부르는
아주 쉬운 방법

한 남자가 계단에서 미끄러져서 다리가 부러졌다. 목발을 짚고 다녀야 하는 그에게 한 심리학자가 물었다. "당신은 당신 자신이 불운하다고 생각하십니까?" 대부분의 사람들은 자신이 불운하다고 답했을 것이다. 하필이면 왜 미끄러운 바닥을 밟아서 다리 골절상을 입었는지, 원통하다고 해도 이상하지 않다.

그러나 남자는 자신이 행운아라고 말했다. "행운이에요. 다리가 아니라 목뼈가 부러질 수도 있었으니까

요." 최악의 경우 목 아래로 전신 마비가 될 불행을 피한 것이니 도리어 행운이라고, 그 남자는 생각했던 것이다.

이 이야기는 '행운 연구자'로 유명한 영국의 심리학자 리처드 와이즈먼Richard Wiseman이 2003년 1월 영국 일간지 〈텔레그래프The Telegraph〉에 기고한 글에 등장한 사연이다.

이 글을 통해 그가 독자에게 전달하고자 했던 그의 지론은 딱 한 문장으로 요약할 수 있다. '운이 좋다고 생각하면 운이 좋아진다.'라는 것이다. 가령 다리가 부러지는 불운을 맞이했더라도 자신이 행운아라고 기뻐하는 사람은 마음이 밝다. 에너지가 넘친다. 그는 새로운 도전에 나설 수 있으며 마음이 밝은 만큼 목표 성취의 가능성이 높아진다. 행운아라고 믿는 사람에게 행운이 찾아가는 것이다.

반대로 다리 골절을 지독한 불운이라고 한탄하면서 고개를 떨군 사람은 도전에 나서길 꺼릴 것이다. 마음이 어둡고 기운도 나지 않을 게 당연하다. 생각이 부

행운을 부르는 아주 쉬운 방법

정적인 사람이 새로운 기회를 잡을 가능성이 낮은 이유다. 그렇게 자신이 불운하다고 생각하는 사람은 더욱더 불운해지는 악순환에 빠지게 된다.

나의 삶은 행운인가 불운인가. 삶에 대한 관점은 우리가 선택할 수 있으며, 그 선택이 또 우리의 운명을 결정한다. 미국 작가 로이 T. 베넷Roy T. Bennett은 이렇게 조언했다.

"태도는 선택이다. 행복도 선택이다. 낙관주의도 선택이다. 친절도 선택이다. 나눔도 선택이다. 존경도 선택이다. 당신의 선택이 당신을 만든다. 그러니 현명하게 선택해야 한다."

내가 행운아라고 생각기로 선택하면, 그 선택이 나를 바꾼다. 내가 내 운명을 변화시킬 수 있는 것이다. 삶은 사실 이토록 단순하다.

고개를 들어
구름을 봐야 하는 이유

파란 하늘에 떠 있는 구름은 솜사탕과 닮았다. 마치 풍선처럼 가벼울 것 같다. 하지만 우리의 상상과 달리, 실제 구름의 무게는 상당하다. 미국 지질 조사국에 따르면 구름의 무게는 평균 500톤 정도다. 구름이 하늘에서 땅으로 그대로 떨어진다면 대도시가 폭격을 맞은 듯 파괴될 것이다. 하지만 다행히 구름 아래 공기층의 밀도가 구름보다 높기 때문에 구름이 하늘에서 떨어질 일은 없다.

하늘에 뭉게구름이 없다면 얼마나 심심할까. 푸른 도화지 같은 하늘은 어떠한 움직임도 없이 고요하다. 구름 없는 하늘은 파도와 거품을 만들지 못하는 얼어 붙은 바다처럼 단조로울 것이다. 하얀 구름이 있어 파란 하늘이 더 아름답다.

구름이 특별한 또 다른 이유가 있다. 인간의 상상력을 자극한다는 것이다. 아래는 강아지 캐릭터 스누피로 널리 알려진 찰스 M. 슐츠Charles M. Schulz 원작의 인기 만화 영화 〈찰리 브라운이라는 아이A Boy Named Charlie Brown〉의 대사를 줄여서 옮긴 것이다.

"구름이 아름답지 않니? 구름이 흘러가는 걸 보면서 여기 하루 종일 누워 있을 수 있겠어. 상상을 하면 구름에서 많은 게 보여. 리누스, 너는 뭐가 보여?"

"음. 저 위의 구름은 카리브해에 있는 영국령 온두라스의 지도를 닮았어. 저기 구름은 토머스 에이킨스의 옆얼굴 같아. 유명한 화가 겸 조각가야. 또 옆으로 돌아선 사도 바울도 보이네."

"그렇구나. 대단해. 찰리 브라운 너는 뭐가 보여?"

"음. 나는 오리와 말이 보인다고 말하려고 했는데 그만둘래."

일상이 고단할 땐 하늘을 올려다보자. 그리고 하늘을 스케치북 삼아 크고 작게 떠 있는 구름을 보며 아이처럼 닮은꼴을 찾아보자. 구름은 우리를 순수하게 만든다. 그렇게 마음을 비워내고 나면, 답답한 인생도 조금은 살 만하다고 느껴진다.

고개를 들어 구름을 봐야 하는 이유

공기가 신선하면
마음도 신선해진다

　우리는 누가 말로 직접 일러주지 않아도 타인의 사랑을 느낄 수 있다. 연인이 나를 사랑하는지, 이미 마음이 식었는지, 느낌으로 알 수 있다. 연인뿐만 아니라 친구나 강아지의 눈빛을 보아도 사랑을 느낄 수 있다. 그런데 어떤 사랑은 볼 수도 없고 느끼기도 어렵다. 우리가 모르는 사이에 우리를 정성껏 돕는 사랑, 바로 풀과 나무가 주는 사랑이다.

　소나무 향기는 스트레스를 줄여주고 몸과 마음을

편안하게 만든다고 알려져 있다. 풀 냄새도 마찬가지다. 도시 생활에 찌든 사람들의 마음을 가라앉혀 준다. 나무와 풀은 우리에게 매일 편안함을 선물하지만, 수혜자인 사람은 그 사실을 느끼지 못한다. 나무와 풀은 아무 소리 없이 조용히 사람 마음을 보살핀다. 공기처럼 있는 듯 없는 듯하면서도 우리에게 꼭 필요한 도움을 주는 것이다.

신선한 숲의 공기를 마시면 왜 기분이 좋아질까? 우리 몸과 마음에 에너지가 충전되기 때문이다. 미국 로체스터 대학교의 심리학자 리처드 라이언Richard Ryan 교수가 2010년에 실험 참가자를 모아 조사를 진행했다. 피조사자들에게 스트레스 상황에서 신선한 공기를 들이마시게 했는데, 약 90퍼센트의 사람들이 숨을 들이마신 뒤 에너지가 재충전된 느낌이라고 대답했다. 숲의 신선한 공기만 들이마셔도 몸에 기운이 넘치고, 마음에 활력이 생기는 것이다.

누구나 가끔 에너지 방전 상태를 맞게 된다. 의욕도 없고 힘도 빠질 때, 사람들은 보통 커피를 한잔 마신다. 또 담배나 술에 의존하기도 한다. 하지만 에너지 방전 상태에서 회복하는 가장 좋은 방법은 가까운 숲에 가는 것이다. 아침 공기가 가장 신선하고, 숲속에 비라도 내리면 더더욱 좋은 내음이 난다. 신선한 공기가 커피나 술보다 우리에게 더 큰 힘을 준다. 신선한 공기는 술과 커피와 달리 몸에 해롭지도 않고, 심지어 무료이기까지 하다.

물론 도시 생활자로 살면서 훌쩍 숲을 방문하는 일이 쉽지는 않을 것이다. 이럴 땐 작은 화분을 앞에 두는 것도 대안이다. 양은 미미하지만, 화분에 심은 식물도 신선한 공기를 만들어낸다. 환경상 이것도 여의찮다면 환기를 자주 하는 것도 좋다. 숲의 공기보다는 못하겠지만, 그래도 실내의 묵은 공기를 새 공기로 바꾸어 숨을 들이마시면, 몸과 마음의 힘을 얻을 수 있다.

공기를 정화해주는
인간의 피부

우리 몸은 우리가 모르는 특별한 재능을 많이 갖고 있다. 그중에서도 가장 신비하고 고마운 것은 '공기 정화 능력'이다. 우리의 피부 조각이 오존의 농도를 낮춰준다.

미세먼지보다 무서운 것이 바로 오존이다. 물론 오존에도 순기능은 있다. 지표면으로부터 25km 상공에 위치한 오존층은 태양의 자외선을 흡수해 지구 생명체를 보호하는 역할을 한다. 오존층이라는 천연 자외선 차단제가 없다면 피부암 발병 확률이 급증했을 것이다.

하지만 오존이 낮은 곳에 있으면 문제가 된다. 도심의 오존은 주로 배기가스에 의해 생성되며, 독성이 있어 사람의 호흡기 등에 피해를 입힌다. 그런데 다행스럽게도 사람에게는 실내 오존 수치를 낮추는 자정의 힘이 있다. 몸에서 떨어져 나가는 피부 조각이 바로 그 역할을 한다.

인간의 몸에서는 매 순간 하얀 가루 같은 것, 즉 '각질'이 떨어진다. 극히 작아서 잘 보이지 않지만, 미세한 피부 조각이 이 글을 읽는 동안에도 우리 몸에서 분리되어 날아가고 있다. 우리를 떠나는 피부 세포는 1시간에 3~4만 개이며, 24시간 동안 약 1백만 개의 피부 세포를 잃는다. 일평생으로 계산하면 36kg에 달한다. 체중의 절반 정도를 흘리고 다니는 것이다.

시력 좋은 동물이나 외계인이 보면 걸어 다니는 인간의 몸에서 하얀 눈이 떨어지는 것처럼 보일지 모른다. 도심의 수천 명 행인들은 경쟁이라도 하듯이 모두 하얀 가루를 흩날리며 걸어 다니고 있다. 그걸 눈으로 직접 볼 수 있다면 굉장한 광경일 것이다.

하지만 이렇게 피부 조각을 흩날리고 다닌다는 것이 그리 달가운 소식은 아니다. 각질이라고 하면 우리는 '관리해야 하는 것', '지저분한 것'이라고 생각하기 마련이다. 우리의 죽은 피부는 조각조각 먼지가 되어 테이블과 바닥과 침구에 쌓인다. 생각만 해도 청소기와 걸레를 손에 들고 싶어진다. 하지만 이 피부 조각이 바로 실내 공기를 정화하고 있다.

미국 럿거스 대학의 찰스 웨슬러Charles Weschler 박사가 2011년 발표한 바에 따르면, 피부 조각에는 스쿠알렌squalene과 같은 기름 성분이 포함되어 있는데, 이것이 실내 오존의 농도를 줄여준다는 것을 실험으로 확인했다. 우리 몸에서 탈락한 피부 조각들이 실내 오존 농도를 2~15% 정도 낮춰 준다고 한다.

이보다 앞선 연구에서는 인간 피부 조각이 항공기 내부의 오존 농도도 낮추는 것으로 밝혀졌다. 연구자들은 '밀폐된 항공기 내부의 오존 농도가 승객에게 악

공기를 정화해주는 인간의 피부

영향을 끼치지 않을까?'라는 우려 섞인 호기심에 연구를 시작했다. 그런데 놀랍게도 환기가 되지 않는 공간임에도 오존 농도가 서서히 감소하는 현상이 관찰되었다.

그 원인을 추적한 결과, 승객이 착용했던 티셔츠에 묻어 있는 피부 기름이 오존 농도에 영향을 미쳤다는 사실이 밝혀졌다. 피부의 기름 성분과 오존이 반응하여 공기 중 오존 농도를 떨어뜨린 것이다.

비행기 옆좌석에서 고개를 휘청이며 자고 있는 사람은 사실 자신의 피부 조각을 무상 제공함으로써 나의 피부와 호흡기에 해로운 오존을 줄이고 있다. 사람들은 자기도 모르게 서로를 도우며 산다.

지구를 지켜주는
게으름

할리우드 배우 쉐일린 우들리Shailene Woodley가 2014년 충격적인 고백을 했다.

"나는 한 달에 한 번만 샴푸 해요. 머리가 기름질수록 더 좋더라구요."

요컨대 일 년에 12번만 머리를 감는다는 말이다. 아름답고 지적이라는 평가를 받던 22살 인기 배우의 고백은 언론은 물론이고 SNS에서 큰 파장을 낳았다. 심지어 그렇게 지저분한 사람을 좋아했다는 것이 후회된다면서 돌아선 팬들도 많았다.

그런데 그녀가 정말 지저분한 사람일까? 그저 그녀와 다른 사람들의 시각이 달랐을 뿐이다. 그녀는 샴푸를 하지 않고 자연 상태로 두는 것이 머리를 더 깨끗하고 건강하게 관리하는 방법이라고 믿는다. 그녀의 사회적 신념 또한 그녀가 머리를 감지 않는 이유와 연관이 있다. 그녀는 확고한 환경보호주의자이기 때문이다. 수질 보호를 위해 샴푸를 최대한 쓰지 말아야 한다고 믿고, 행동하는 멋진 여성인 것이다.

이처럼 샴푸를 덜 사용하면 수질 오염 개선에 도움이 된다는 것은 누구나 아는 사실이다. 그런데 샴푸를 자제하면 물뿐만 아니라 대기질도 보호할 수 있다. 앞서 소개했던 '몸에서 떨어져 나간 피부 조각이 공기를 정화한다.'라는 연구 결과처럼 머리카락과 두피도 공기 오염을 줄인다.

미국 미주리 대학의 환경공학자 글렌 모리슨Glenn Morrison 교수가 2008년 발표한 바에 따르면, 인간의 머리카락이 공기 중 오존을 흡수한다. 지저분할수록 그

효과는 더욱 좋다. 깨끗한 머리카락과 다소 지저분한 머리카락을 모아서 비교했을 때, 오랜 시간 감지 않아 기름에 뭉친 머리카락이 공기 중 오존을 더 많이 흡수했다고 한다.

연구팀의 설명에 따르면, 항공기에서 승객의 피부 기름이 오존 농도를 낮췄던 것처럼 사람의 두피 기름이 오존 농도를 낮춘다. 그래서 머리가 기름진 상태일수록 공기 정화 효과가 높은 것이다.

피곤한 한 주를 마치고 선물처럼 맞이한 주말, 씻는 것조차 귀찮아 꾀죄죄한 머리로 하루를 보낼 때가 있다. 그런 나를 화장실 거울로 마주할 때, 게으름뱅이라고 자책하지 말고 씨익 웃으며 자부심을 느껴 보는 건 어떨까? 오늘 머리를 감지 않음으로써 나는 대기질 정화에 일조했다고 말이다. 나는 오늘 대기를 깨끗이 하는 공기 청정기로 산 것이다. 매일 샴푸를 하며 머리를 깔끔하게 정리하면 오히려 공기 정화의 기회를 스스로 포기하는 셈이다.

가끔 좀 게을러도 괜찮다. 힘들고 피곤할 땐 얼굴도

지구를 지켜주는 게으름

머리도 꾀죄죄한 상태로 두고 집 안을 뒹굴어도 좋다. 그런 자신을 자랑스럽게 여겨도 좋다. 나를 위해, 지구를 위해, 가끔은 좀 더럽게 살아 보자.

4장
—

빛나는 하루를
너에게 줄게

하마가 자체 제작한
선크림

하마 피부에서는 붉은 액체가 나온다. 이 붉은 액체는 "하마의 땀" 또는 "하마의 피땀blood sweat"이라고 불리지만 사실은 피가 아니고, 증발해서 체온을 낮추는 땀과도 다르다. 붉은 액체의 정체는 바로 하마가 스스로 만든 '선크림'이다.

하마는 하루 종일 뜨거운 햇빛을 받으며 살아야 한다. 화상을 입고 피부가 크게 상할 수 있는 악조건이다. 게다가 하마의 피부는 보기보다 예민해서 쉽게 건조해지고 햇빛에도 취약하다고 한다. 그래서 하마는 스스로 붉은색 선크림을 만들어 피부를 덮는다. 이 자체 제작 선크림이 피부를 보습해주고 햇빛을 반사, 산란시켜 하마를 보호하는 것이다.

하마 뿐만 아니라 기린도 자외선으로부터 자신을 보호하는 기술을 보유하고 있다. 다만 기린이 보호하는 것은 피부가 아닌 '혀'다. 기린의 혀는 자신의 키보다 높은 나뭇가지에 자란 나뭇잎을 훑는 데 쓰이는데, 이때 직사광선을 피하기 어려워 잘못하면 화상을 입을 수 있다고 한다. 그래서 기린의 혀는 검정색으로 진화했다. 강한 햇빛으로 인한 피해를 줄이기 위해 멜라닌 색소를 많이 포함하게 된 것이다. 짙은 색의 멜라닌은 자외선을 흡수해 기린의 혀가 햇빛 때문에 손상되는 걸 막아준다.

하마는 온몸에 자체 제작 선크림을 바르고 기린은 혀에 자외선 보호막을 갖고 있다. 마치 자신을 지킬 수 있는 건 자기 자신뿐이라고, 우리에게 알려주는 듯하다. 세상의 따가운 시선으로부터 스스로를 지키기 위

하마가 자체 제작한 선크림

해, 우리의 마음에도 보호막이 필요하다. 그리고 내 마음에 딱 맞는 보호막을 만들 수 있는 것은 나 자신뿐이다.

나비는
악어의 눈물을 마신다

　아마존에서는 나비들이 거북의 눈물을 먹는다. '나비라면 예쁜 꽃의 꿀을 먹고 살아야 하는 것 아닐까?'라는 의문이 들 것이다. 물론 꿀도 먹기는 한다. 하지만 나비는 꿀만으로는 살 수 없다. 미네랄을 섭취하지 않으면 생존할 수 없기 때문이다. 꿀에는 충분한 미네랄이 함유되어 있지 않아, 아마존의 나비는 거북의 눈물을 통해 미네랄을 보충한다.

　미네랄이 거북의 눈물에만 들어 있는 것은 아니기

나비는 악어의 눈물을 마신다

때문에 나비는 종종 다른 동물의 눈물도 섭취하는데, 악어의 눈물을 마시는 나비의 모습도 촬영된 적이 있다. 하늘거리는 나비들이 억센 악어의 눈가에 모여 앉아 눈물을 빨아먹는 장면은 상상만 해도 신기하고 놀랍다.

미네랄을 얻으려고 나비들은 종종 '더러운' 행동도 한다. 흙탕물 웅덩이에 모여서 물을 마시는 것이다. 이런 행동은 수컷 나비가 더 많이 하는데, 웅덩이에 녹아 있는 풍부한 영양소를 섭취해 정자 내에 저장했다가, 짝짓기 때 암컷에게 전해준다. 정자의 생존율을 높이기 위해서 웅덩이를 찾는 것이다.

우리가 가지고 있는 나비에 대한 또 하나의 오해가 있다. 사람들은 나비가 자신의 대롱 같은 입으로 맛을 볼 것이라 생각하지만, 사실 나비는 주둥이가 아니라 발로 맛을 본다. 암컷 나비는 나뭇잎에 앉아 수액이 나올 때까지 발로 두드리고 맛을 본다. 나중에 이곳에서 생을 시작하게 될 자신의 애벌레가 잎을 맛있게 먹을 수 있을지 미리 분석해두는 것이다. 장소가 적합하다

싶으면 거기에 알을 낳는다.

우리가 가지고 있는 나비에 대한 오해는 또 있다. 꽃을 닮은 나비는 꽃잎처럼 약할 것이라는 오해다. 하지만 나비 중에는 '슈퍼 나비'도 있다. 그중 하나인 제왕나비는 매년 날씨가 추워지는 10~11월이면 미국이나 캐나다에서 멕시코까지 무려 4,000km를 이주해 비교적 따뜻한 고산지대에서 겨울을 난다. 분당 500회 넘게 날갯짓을 하면서 매일 100km 이상 날아간다고 하니, 나비가 연약하다는 말은 인간의 편견일 뿐이다.

또한, 나비가 꽃처럼 화려한 색깔을 띠고 아름다운 데에는 절박한 이유가 있다. 나비는 죽지 않기 위해 아름다워야 한다. 자연계에는 하나의 법칙이 있는데, 바로 '화려한 것에는 독이 있다.'라는 법칙이다. 독버섯이 그렇듯, 독이 있는 곤충도 화려한 색을 띤다. 그래서 독이 없는 나비는 천적을 속여 제 몸을 지키기 위해 화려하고 밝은색을 갖게 되었다. 나비의 아름다움은 생존을 위한 필사적인 진화인 것이다.

울긋불긋한 날개를 살랑대는 나비는 꽃구경을 다

나비는 악어의 눈물을 마신다

니며 여유롭게 살 것만 같다. '나비 같은 삶'이라고 하면 자유롭고 편안하고 우아한 삶을 떠올리기 마련이다. 하지만 결코 그렇지 않다. 나비는 살기 위해 악어의 눈물도 찾아다니고, 천적에게 잡아먹히지 않기 위해 자신을 분주히 위장한다. 새보다 더 멀리 날고, 또 새끼를 잘 기르기 위해 여기저기 분주히 탐색도 해야 한다. 밥벌이와 자녀 양육을 위해 애쓰는 사람들과 다르지 않다. 모든 생명은 바쁘고 절박하다.

하루에 100킬로그램씩
자라는 대왕고래

　사람은 무언가의 '크기'에 대해 자기중심적으로 생각한다. 코끼리나 버스가 크다고 말하는 것은 사람보다 크기 때문이고, 벌레가 작은 것은 사람보다 작아서다. 하지만 대왕고래 앞에서는 이러한 비교가 의미를 잃는다. 대왕고래 앞에서는 모두가 자그마하다. 코끼리는 앙증맞고, 버스는 장난감 정도에 불과하다. 또 인간은 곤충처럼 작게 보인다.

　대왕고래는 지구에서 가장 큰 동물이다. 평균 27미

터까지 자라고, 이는 시내버스 두 대의 길이와 비슷하다. 무게는 130톤이 넘는데, 우리가 보통 코끼리 하면 떠올리는 아프리카 둥근귀코끼리 30마리 이상의 체중과 맞먹는 수준이다. 심장은 700kg으로 소형 자동차 크기와 비슷하며, 대동맥은 거대해서 어린아이가 그 속을 헤엄칠 수 있을 정도다.

이렇게 거대한 대왕고래의 입에는 사람이 100명 정도 들어갈 수 있는데, 그에 반해 대왕고래는 아주 작은 크릴을 먹고 산다. 하루 4톤의 먹이를 섭취해야 하는 대왕고래가 한 번 식사를 하면, 위장에 1톤의 크릴새우가 들어간다.

그 크기만큼, 대왕고래는 세상에서 가장 시끄러운 동물이기도 하다. 무려 190데시벨의 소리를 지를 수 있다. 제트기의 소음이 140데시벨 정도라고 하니, 대왕고래의 소음은 슈퍼급인 셈이다. 또 대왕고래는 세상에서 가장 귀가 밝은 동물에 속한다. 무려 1,600km 떨어진 곳에서 친구가 우는 소리도 들을 수 있다. 1,600km는 서울에서 부산까지 거리의 5배다. 또는 서울에서 대

만까지 가는 거리와 비슷하다.

대왕고래의 육아도 규모가 어마어마하다. 어미는 12개월 동안의 잉태 후 새끼를 낳는데, 태어날 때 새끼의 몸길이가 이미 8미터다. 태어나자마자 지구에서 가장 큰 동물에 속하는 것이다. 새끼를 낳은 엄마 고래는 하루에 젖 200리터를 생산한다. 2리터 생수병 100통 분량의 우유를 생산하는 것이다. 새끼 고래는 그 많은 젖을 먹으면서 하루에 100kg 정도 체중이 급증한다. 사람은 평생 먹어봐야 100kg이 넘을까 말까 하는데, 대왕고래는 하루에 그만큼 성장하는 것이다. 7~8개월 후에 젖을 뗄 때, 새끼 고래는 15미터 정도가 된다. 태어난 지 1년도 안 되어 몸 길이가 두 배가 된 셈이다. 이렇게 무럭무럭 자라는 아기 동물은 세상에 없다.

인간이 지어 올리는 100층짜리 건물이 신기한가? 아니면 하루 100kg씩 자라는 생명이 더 신비로운가? 초고층 건물은 사람 수천 명이 달려들어서 만들지만 대왕고래 새끼는 혼자 알아서 포동포동 무럭무럭 자란다. 지금도 바닷속 어딘가에서 무럭무럭 자라나고 있

하루에 100킬로그램씩 자라는 대왕고래

을 대왕고래 새끼를 떠올리면, 누군가와 나를 비교하며 느끼던 괴로움이 사실은 별 의미 없었다는 사실을 깨닫게 된다.

우리는 모두
별에서 왔다

"너는 어느 별에서 왔니?"라는 질문은 낭만적이긴 하지만 사실 비과학적이다. 생명체는 별이 아니라 행성에서 살기 때문이다. 우리가 사는 지구도 별이 아니라 행성이다. 우리 머리 위 뜨거운 태양이 별에 속하고, 별에는 생명체가 살기 어렵다. 외계 문명이 존재한다면, 그들 역시 행성에 터를 잡았을 것이다. 생명체가 사는 곳은 행성이니, "너는 어느 행성에서 왔니?"라고 물어야 맞다.

그런데 더 깊이 알면 판단이 달라진다. 만약 "너는 어느 별에서 왔니?"라는 질문이 우리의 까마득한 과거에 대해 묻는 것이라면, 이는 옳은 말이다. 아주 오래전 우리가 태어난 최초의 고향은 별이기 때문이다. 즉, 모든 인간은 별에서 왔다.

미국의 이론 물리학자 로렌스 크라우스Lawrence Krauss는 한 강연에서 설명했다.

"경이로운 사실입니다. 당신 몸속의 모든 원자는 폭발한 별에서 온 것입니다. 왼손의 원자들은 오른손의 원자들과 다른 별에서 왔을 겁니다. 내가 물리학에서 알고 있는 가장 시적인 사실이 있어요. 우리는 모두 '별먼지stardust'라는 사실입니다. 별이 폭발하지 않았다면 당신은 여기에 있을 수 없습니다. 별들은 당신이 여기 있게 하려고 죽은 것입니다."

별이 폭발해서 탄소, 철, 산소, 질소 등 생명의 진화에 필요한 원소들이 생겨난 덕분에 우리가 존재할 수 있었다. 밤하늘을 보자. 저 멀리 별들이 먼지처럼 뿌옇게 보인다. 바로 별 먼지, '스타더스트'이다. 그것이 우리의 고향이자 우리 몸의 재료다. 미국의 천문학자이자 《코스모스Cosmos》의 저자 칼 세이건Carl Sagan도 같은 의미의 말을 했다.

"우리 안에 우주가 있다. 우리는 별의 재료로 만들어졌다."

우리는 우주 안에 있는데, 우리 안에 또 우주가 있다. 우주가 나를 만들었는데, 내가 또 우주를 내 속에 품고 있는 셈이다.

이 대목에서 철학적 주제를 떠올리게 된다. 인간은 모두 같은 재료로 만들었는데 왜 사람마다 특징이 전혀 다를까? 왜 저마다 기쁘고, 슬프고, 착하고, 악하고, 현명하고, 어리석을까?

어쩌면 당연한 일이다. 같은 식재료로 요리하더라도 누가, 어디에서, 어떻게 조리하느냐에 따라 다른 맛의 요리로 완성된다. 하나의 악기도 연주자에 따라 음색이 달라진다. 재료가 같은데 결과가 다른 건 우리가 가진 존재의 자유 때문일 것이다. 요리사나 연주자처럼 우리는 우리의 존재를 선택할 자유가 있다.

우리는 모두 별에서 왔다

머리 아픈 이야기는 쓱 보고 지나치더라도, 우리가 빛나는 별에서 왔다는 건 아무튼 기분 좋은 일이다. 내 옆에 있는 친구나 연인도 별에서 왔다. 나도 별이 고향이다. 우리는 모두 우주적으로 특별한 존재들이다.

인간의 몸에서는
빛이 난다

아름다운 연인의 얼굴에서 빛이 나는 것처럼 보일 때가 있다. 성스러운 사람은 후광이 있는 것처럼 보이기도 한다. 만약 우리가 사람의 광채를 보았다면, 이것은 단순히 착각에 불과한 것일까? 과학자들의 연구에 따르면 이는 착각일 수도 있고, 아니면 우리 눈이 설명할 수 없이 예민한 것일 수도 있다.

사람의 몸에서는 실제로 빛이 난다. 아주 약한 빛이나마 분명히 몸에서 발산된다. 일반 카메라로는 불가능하지만, 인체의 빛을 관찰하기 위해 특별히 고안된 카메라로는 그 빛을 포착할 수 있다고 한다. 혹시라도 빛에 예민한 다른 행성 생명체가 지구에 왔다면 많이 놀랐을 것이다. 사람들이 모두 빛을 내면서 걸어 다니는 광경이 황홀했을 게 분명하다. 동화 《피터 팬Peter Pan》에 나오는 요정 팅커벨처럼 다른 행성에서 온 생명체에게는 지구인이 요정처럼 빛나는 존재일지도 모른다.

인간이 발산하는 빛은 신체에서 일어나는 생화학적 반응에서 비롯된다고 한다. 우리 몸은 전력 공급이 없는데도 스스로 빛을 내는 신비로운 능력을 갖춘 것이다. 물론 완전 무동력으로 빛을 낼 수 있는 것은 아니다. 생명의 근원인 밥은 먹어야 빛의 근원인 생화학 반응도 일어난다.

또한 인체가 발산하는 빛의 밝기는 일정하지 않고 시간에 따라 변화한다. 일본 교토 대학 과학자들의 2009년 발표에 따르면 오후 4시에 몸의 빛이 가장 밝다. 그 뒤 점점 어두워지다가 오전 10시에 최저점에 이른 후 다시 반등한다. 저녁부터 아침까지는 빛이 약하다가, 아침부터 시작해 오후까지 점점 밝아지는 것이다.

그리고 신체 부위에 따라 밝기가 다르다고 한다. 가장 밝은 빛을 내는 곳은 바로 얼굴이다. 정확히는 뺨과 목, 그리고 이마에서 빛이 많이 난다. 말하자면 오후 4시에 사람의 뺨과 이마가 가장 많은 빛을 낸다.

어떤 능력을 가졌든, 어떤 환경 속에 있든, 그 무엇과도 상관없이 모든 사람의 몸에서는 빛이 난다. 사람은 모두 빛나는 존재이다. 사랑하는 사람은 정말로 그 빛을 느낄지도 모른다.

인간의 몸에서는 빛이 난다

내 몸에
세종대왕 들어 있다

우리 몸을 이루고 있는 원자는 상상하기 어려울 정도로 작다. 100만 개를 세워 놓아도 머리카락 한 가닥 너비밖에 안 된다. 그렇다면 우리 몸에는 총 몇 개의 원자가 있을까? 더더욱 상상하기 힘든 숫자다. 하나의 가설에 따르면 몸무게가 70kg인 사람의 몸에는 7×10^{27}개의 원자가 있다고 한다. 무려 7,000,000,000,000,000,000,000,000,000개다.

도저히 읽을 수도 없는 숫자보다 더 놀랍고 충격적

인 사실이 있다. 원자를 구성하는 공간 중 99퍼센트 이상이 비어 있다는 것이다. 즉, 우리 몸의 99퍼센트 이상도 빈 공간인 것과 다름없다. 우리 몸이 수없이 많은 풍선 같은 것으로 이루어져 있다고 생각하면 된다. 그렇다면 그 풍선들을 모두 터뜨리고 찌그러뜨리면 최종 부피가 어느 정도일까? 고작 각설탕 하나 정도라고 한다. 거인의 몸도 마찬가지다. 모두 작은 육면체 속에 들어갈 수 있다.

지금까지 읽은 이해하기 힘들고 무서운 이야기는 다 잊어도 좋다. 이제부터는 다시 행복한 이야기만 하자. 아무튼 중요한 건 우리 몸에 표현할 수 없이 많은 원자가 있다는 거다. 그런데 그 원자들은 다 어디에서 왔을까? 인간이 태어날 때마다 새로운 원자가 생성되는 것일까? 놀랍게도 우리가 지닌 원자는 다른 사람의 몸을 거쳐서 우리에게 왔을 가능성이 있다고 한다.

영국 저술가 빌 브라이슨Bill Bryson의 확신에 찬 설명이 흥미롭다. 그는 그의 저서 《그림으로 보는 거의 모든 것의 역사A Really Short History of Nearly Everything》에서 셰

익스피어의 몸에 있던 원자가 최대 10억 개 정도 우리 몸에 들어와 있다고 설명한다. 석가모니와 칭기즈 칸과 베토벤 등 역사적 인물들의 육체에 속해 있던 원자들도 많으면 10억 개씩 보유하고 있다고 한다. 그 설명대로라면 나는 뉴턴, 에디슨은 물론이고 세종대왕, 이순신, 선덕여왕의 원자도 갖고 있을 것이다.

빌 브라이슨의 논리에 따르면 우리는 대단한 결론에 도달하게 된다. 공부를 못한다고 구박받는 나의 일부가 뉴턴인 것이다. 정복자 알렉산더의 원자가 소심쟁이 아이의 몸을 이룬다. 삶에 고난이 찾아와 방황하고 있는 이의 몸에도 최고 갑부와 최고 권력자의 일부가 들어가 있다. 세상에 하찮은 사람은 하나도 없다. 모두의 몸속에서 위대한 인물들의 원자가 춤을 추고 있다. 우리는 모두 위대하고 특별한 존재다.

그리고 이 논리에 따르면, 완전히 죽어 소멸하는 사람은 없다는 놀라운 논리도 성립된다. 물론 인간은 모두 죽기는 죽지만, 이 세상에서 영원히 사라지지는 않는다. 우리 몸을 이루는 원자가 영원하기 때문이다. 미국의 신경과학자 데이비드 이글맨David Eagleman은 죽음에 관해 이렇게 말한다.

"당신이 죽으면 당신을 이루고 있던 모든 원자가 슬퍼한다. 그 원자는 몇 년 동안 피부나 비장 속에 모여 있다. 당신이 죽어도 원자는 죽지 않는다. 대신 서로 다른 방향으로 움직이면서 각자 자기 길을 간다. 공유했던 시공간의 상실을 슬퍼하면서."

내가 죽어도 나의 원자는 죽어 사라지지 않는다. 다만 멀리 흩어질 뿐이다. 셰익스피어와 에디슨의 원자처럼, 우리의 원자도, 우리가 사랑하는 이들의 원자도 영영 사라지지 않을 것이다. 우리가 서로의 눈을 영원히 바라볼 수는 없을지 몰라도, 영원히 서로의 곁을 맴돌 수 있다는 사실을 생각하면 헤어짐의 아픔이 조금은 괜찮아진다.

멍 때리는 중에도
일하고 있는 뇌

인간에게는 신비한 사고 능력이 있다. 생각을 안 하는 동안에도 생각할 수 있다는 것이다. 삶의 어려운 문제와 맞닥뜨렸을 때, 우리가 잠시 딴생각을 하면 우리의 뇌는 알아서 어려운 문제의 해결책을 찾아낸다고 한다.

2006년 네덜란드의 사회심리학자 압 데익스테르후이스Ap Dijksterhuis 박사가 흥미로운 연구 결과를 발표했다. 우리의 의식이 쉬는 동안, 무의식이 대신 생각하고 문제의 답을 얻는다는 것이다.

연구팀은 사람들에게 어려운 선택을 지시했다. 자신이 살아야 할 최적의 아파트를 고르도록 한 것이다. 연구팀이 선택지로 제안한 아파트들은 위치가 다양하고, 크기도 다르며, 이웃 환경도 제각각이었다. 심지어 변수들은 서로 충돌하기까지 했다. 가령 위치가 좋으면 크기가 작고, 크기가 크면 시내에서 너무 외떨어져 있는 식이다.

실험 참가자들은 이런 여러 가지 변수를 고려해서 최적의 아파트를 골라야 하는 상황에 놓였다. 어떻게 해야 최선의 답을 찾을 수 있을까? 집중해서 모든 변수를 따져 보고, 수치화하면 최선의 답을 내릴 수 있을까? 연구팀에 따르면, 놀랍게도 사람들은 아파트 선택과 전혀 관련 없는 '딴 일'을 한 뒤에 좋은 결정을 내릴 수 있었다고 한다.

산책을 하거나 잠시 TV를 본 후에 불현듯 문제의 해결책이 떠오를 때가 있다. 골치 아픈 문제로 하루 종일 고민했는데, 머리 아픈 문제는 미뤄두고 일단 잠을

멍 때리는 중에도 일하고 있는 뇌

청한 뒤 아침에 일어나니 해답이 퍼뜩 떠오를 때도 있다. 내가 생각을 하지 않아도 무의식이 대신 답을 찾아내 알려준 것이다.

결정하기 힘든 일이 있다면 시간 여유를 가져야 한다. 골치 아픈 문제는 잠시 잊고, 단어 맞추기 퍼즐을 하거나 따뜻한 차를 마시며 전혀 관계없는 일에 몰입해 보는 것이다. 문제를 빨리 해결하려 안달할 필요 없다. 우리의 의식이 쉬는 동안 무의식이 대신 생각해 줄 것이기 때문이다. 얼마나 편한가. 우리 뇌 속에 인공지능 컴퓨터가 하나 들어 있는 것과 같다. 우리가 해야 할 일은 그저 조금 기다리는 것뿐이다. 딴짓을 하면서 말이다.

내 인생의 결말을
알 수 있다면

애인으로부터 이별 선언을 들을 것 같다. 상사에게 야단맞을 것 같다. 지원한 회사에서 불합격 통지를 받을 것 같다. 하다못해 감기라도 걸릴 것 같다. 이런 나쁜 '예감'들이 우리를 매일 괴롭힌다. 문제는 이 예감이 적중할 때가 있다는 것이다. 가끔이지만 나쁜 일이 생길 것 같은 느낌이 실제 상황으로 벌어진다. 우연일까 아니면 우리에게 정말 미래 예감 능력이 있는 것일까?

미국 캘리포니아 대학교의 제시카 어츠Jessica Utts 심리학 교수 등은 2012년, '사람의 몸은 미래를 느낀다.'라고 주장해 화제를 모았다. 설계한 실험의 참가자들에게 여러 종류의 그림을 보여줬는데, 그중 무서운 그림을 보여주기 전 참가자들이 보이는 반응이 유독 뚜렷했다고 한다. 가령 기어다니는 뱀의 사진이 눈앞에 나타나기 10초 전부터 피실험자의 심장이 더 빨리 뛰었다는 것이다. 또 눈이 커지고 뇌의 활동도 변화했다고 한다. 공포를 느꼈다는 명확한 증거다.

무서운 사진은 평범한 사진들 사이에 무작위로 끼워져 있었기 때문에, 피실험자들은 무서운 이미지가 나타날 걸 미리 알 수 없는 상황이었다. 다음에 제시될 그림에 관한 아무런 힌트가 없었던 것이다. 그런데도 피실험자들의 심장은 '미리' 떨기 시작했다.

정말 사람의 심장이 미래를 감지할 수 있는 걸까? 하지만 이 실험의 결과에 대해서는 논란이 많다. 실험이 과학적이지 못하게 설계되었다는 지적이 적지 않았다. 그럼에도 사람에게 미래 예감 능력이 있다는 주장은 매혹적이다. 나에게 일종의 초능력이 있다는 말처럼 들리기 때문이다.

그런데 아주 근접한 미래를 직감적으로 느끼는 정도야 괜찮겠지만, 미래를 멀리, 그리고 정확히 아는 것은 생각보다 좋은 일이 아니다. 책《나는 전설이다 I Am Legend》를 쓴 미국의 작가 리처드 매드슨Richard Matheson의 한 소설에는 이런 대목이 나온다.

"죽는 것보다 더 나쁜 일이 딱 하나 있다. 내가 언제 어떻게 죽을지 아는 것이다."

나의 죽음에 대해 고민하는 것만으로도 이미 유쾌하지 않은데, 내가 언제 어디서 어떤 이유로 죽을지 훤히 안다는 건 죽는 것보다 더 싫다. 숨을 거두는 내 얼굴까지 미리 보아야 한다면 최악의 고문과 다름없다.

꼭 죽음이 아니더라도 미래를 아는 것이 좋지 않은 이유는 이것이 인생의 재미를 앗아가기 때문이다. 나의 미래를 안다는 건 드라마의 결말을 미리 아는 것과 마찬가지다. 내가 입장할 영화관에서 빠져나오는 관객들의 대화로 듣는 스포일러와 다르지 않다.

내 인생의 결말을 알 수 있다면

인생의 스포일러를 알 수 없어서 우리의 삶은 더욱 흥미진진하다. 미래에 대한 사전지식은 가끔 들어맞는 예감 정도로 충분하다.

사람의 미소는
양도 행복하게 한다

　양은 귀엽고 온순한 이미지를 가지고 있기에, 특별히 영리하지는 않을 거라고 추측하는 사람들이 많다. 하지만 그건 오해다. 양도 영리한 동물이다. 특히 기억력이 좋다고 한다. 그리고 감정 판별 능력도 갖추고 있어서 사람의 표정에서 감정을 읽을 수 있다. 영국의 신경 과학자 케이스 켄드릭Keith Kendrick 박사가 발견한 사실이다.

　그가 주장하는 바에 따르면 양은 친구 양 50마리의

사람의 미소는 양도 행복하게 한다

얼굴을 기억하며, 그 기억을 2년 정도 유지한다. 얼굴의 차이가 미세해도, 양은 놓치지 않는다. 친구들의 얼굴 차이가 5% 이하여도 알아볼 수 있고, 기억을 머릿속에 저장한다.

양은 또한 같은 양뿐만 아니라 사람의 감정도 읽는다는 게 켄드릭 박사의 주장이다. 연구에서 사람의 화난 표정과 웃는 표정을 양에게 각각 보여주었더니, 양의 반응이 달랐다고 한다. 사람의 화 난 표정 앞에서는 긴장하고 떠는 반면, 사람의 웃는 표정 앞에서는 양의 마음도 덩달아 안정되었다.

사람 표정을 읽는 양의 능력 자체도 대단하지만, 다음과 같이 뒤집어 생각해볼 수도 있다. 사람의 미소가 종의 경계를 뛰어넘어 행복을 전파한다는 것이다. 사람의 웃는 얼굴은 동물까지 행복하게 만든다. 강아지도, 고양이도 우리가 웃으면 기뻐할 것이다. 사람에게는 놀라운 능력이 있다. 미소만 지어서 말이 통하지 않는 동물들마저 행복하게 만드는 건 어쩌면 초능력에 가깝다.

만약 당신이 반려동물과 함께하고 있다면, 틈날 때마다 미소를 지어주라고 권하고 싶다. 사람의 언어는 그들에게 닿지 않을지언정, 사람의 미소만큼은 제대로 전달될 테니까 말이다. 조건 없이 당신을 사랑해주는 귀여운 친구들에게 웃음을 아끼지 말자. 당신의 웃음이 반려동물을 행복하게 만든다.

　사람의 미소는 양도 행복하게 한다

모든 삶이
축복인 이유

스스로에게 질문을 한번 던져 보자. '갓 태어났던 나'와 '현재의 나'는 같은 존재일까? 같은 존재라고 간단하게 결론 내릴 수 있을까? 몸의 크기도 정신의 깊이도 이렇게나 달라졌는데, 과연 신생아였던 나와 지금의 나는 같은 존재라고 말할 수 있는 것일까?

무엇보다 가장 중요한 차이는 신생아와 어른의 '신체 구조'가 다르다는 것이다. 신생아의 뼈 개수가 성인보다 훨씬 많다. 이와 관련해서 분분한 논의가 있기는 하지만, 대다수의 전문가는 신생아의 뼈가 300개 가량이라고 설명한다. 반면 어른의 뼈는 206개이다. 신생아의 뼈가 어른보다 100개 정도 많은 것이다.

그렇다면 이 100개의 뼈는 어디로 사라지는 것일까? 몸 밖으로 빠져나갔을 리는 없으니 100개의 뼈는 여전히 몸속에 있을 것이다. 전문가들의 설명에 의하면 뼈는 사라지지 않고, 다만 여러 개의 뼈가 하나로 합쳐진다. 신생아 때 뼈와 뼈 사이에 있던 부드러운 연골이 차차 굳어지면서 별개였던 뼈들이 하나로 이어진다. 레고 블록 두 개를 붙여 하나로 만드는 것처럼 말이다.

여기서 또 하나의 의문이 발생한다. 어차피 합쳐서 206개의 뼈가 될 것이라면, 신생아는 왜 잘게 나누어진 뼈를 가지고 태어나는 것일까? 반대로 생각해보면 답이 나온다. 성인처럼 206개의 뼈를 가졌다면 아이는 태어나지 못할 것이다. 몸이 너무 딱딱하기 때문이다. 짧은 뼈와 연골은 신생아의 몸을 유연하게 만든다. 성인과는 비교도 안 될 유연성 덕분에 아기는 산도(출산경로)를 통과할 수 있는 것이다.

모든 삶이 축복인 이유

어찌 보면 아기는 성인이 된 사람과 연체동물 사이에 있는 존재라고도 할 수 있다. 문어나 오징어까지는 아니어도, 성인이 절대 따를 수 없는 유연성을 가진 것만은 분명한 사실이다.

갓 태어난 아기와 어른의 명확한 차이가 또 하나 있다. 아기는 울면서 눈물을 흘리지 않는다. 갓난아기는 자주 온 힘을 다해서 울지만, 이것은 어른이 생각하는 '울음'과는 전혀 다르다. 얼굴을 찡그리고 소리를 질러도 눈물은 흐르지 않는다. 눈물을 흘리려면 짧게는 생후 1개월, 길게는 생후 3개월 정도가 지나야 한다.

눈물방울을 뚝뚝 흘리는 어른의 울음은 주로 감정 표현 수단이다. 서럽고, 슬프고, 억울하고, 답답한 마음을 눈물에 흘려보낸다. 반면 갓난아기의 건조한 울음은 순전한 의사 전달 수단에 가깝다. "밥 줘요", "졸려요", "안아줘요", "엉덩이가 축축해요" 등의 메시지를 전하는 언어 역할을 하는 게 신생아의 울음이다.

'현재의 나'와 '신생아였던 나'는 같은 존재가 아닌 듯하다. 신생아 때는 눈물이 없었다. 지금은 나를 조여오는 책임감, 부당한 처사에 대한 억울함, 소중한 것을 잃은 슬픔 등으로 서럽게 울면서 살아도, 어릴 적에는 슬픈 눈물이 없는 행복한 시간을 보냈다. 또 신생아였던 나는 지금의 나보다 뼈가 100개나 많았다. 현재의 나는 몸이 뻣뻣하게 굳어 있고 어깨도 항상 딱딱하지만, 어릴 적 우리는 유연함으로 생명력을 갖춘 존재였다.

어린 나와 지금의 나를 연결하는 단 하나의 공통점이 있다면 신생아 때나 지금이나, 생존을 위해 치열하게 분투하고 있는 존재라는 점이다. 우리는 쉽게 이 세상에 나온 것이 아니다. 지금과는 전혀 다른 뼈 구조를 갖고 목숨을 걸다시피 하며 세상에 나왔다. 우리는 어렵게 태어났고, 어렵게 살아간다. 모든 삶이 소중하고 축복인 이유는 이것만으로도 충분하지 않을까.

해파리는
영원히 살 수 있다

인생이 고단할 때면 천진한 아기 신세가 그렇게 부러울 수 없다. 물론 어리다고 스트레스가 없지는 않을 것이다. 아기도 배고프고 춥고 괴로움을 느낀다. 특히 엄마 아빠가 화를 내면서 얼굴을 찡그리면, 아기에게는 엄청난 공포와 스트레스가 찾아온다.

하지만 그래도 아기의 삶은 대입을 눈앞에 둔 고등학생보다는 스트레스가 덜하지 않을까. 또 온갖 수모를 참고, 고강도 노동을 견뎌내야 하는 노동자와 비교해도 어린 시절은 훨씬 편했던 것만 같다. 삶이 괴로울 때 '아기였던 때로 돌아가면 좋겠다.'라고 상상하는 것이 그리 헛된 상상만은 아니라는 소리다.

비록 영화에서지만, 갈수록 젊어져서 어린 아기가 된 경험을 한 사람이 있다. 바로 '벤자민 버튼'이다. 영화 〈벤자민 버튼의 시간은 거꾸로 간다〉의 주인공인 벤자민은 80살 노인의 모습으로 태어난다. 아버지는 쪼글쪼글한 아기의 얼굴을 보고는 공포에 질려, 해서는 안될 짓을 저지른다. 아기를 유기한 것이다. 그는 양로원 건물 앞에 아기를 내다 버렸는데, 다행히 그곳 관리인이 선한 사람이어서, 노인의 얼굴을 한 벤자민을 정성껏 기른다.

그런데 시간이 지나면서 놀라운 일이 일어났다. 벤자민 버튼이 시간이 갈수록 젊어졌던 것이다. 태어났을 때 80대였던 그는 곧 70대 노인이 되었고, 또 시간이 지나자 60대 노인이 되었다. 얼마 후에는 20대 청년이 되었고, 한 여성과 사랑에 빠진다. 여기까지만 보면 벤자민 버튼은 복 받은 사람인 것도 같다. 시간을 역행해

해파리는 영원히 살 수 있다

젊음을 얻었고, 아름다운 연인까지 생겼으니 말이다.

그러나 불행하게도 그의 회춘 시계는 멈추지 않는다. 20대 청년이었던 그는 어린이가 되었고, 어린이에서 갓난아기가 되었다. 그사이 사랑하는 연인은 갈수록 늙어서 중년 여성이 되고 할머니가 되었다. 시간이 거꾸로 가는 삶은 벤자민 버튼에게 축복일까 아니면 저주일까?

영화가 아닌 우리의 현실 속에, 벤자민과 비슷한 고민을 할 것 같은 해파리가 있다. 성체로 살다가 유충으로 돌아가는 이 해파리는 2024년 노르웨이 베르겐 대학교 연구팀이 발견했는데, 생김새가 머리빗을 닮았다고 하여 이름은 '빗해파리Comb Jelly'로 붙였다.

이 해파리는 다 자라서 성체의 모습으로 바닷속을 떠돌다가, 크게 다치거나 굶주림을 오래 겪으면 벤자민 버튼과 같은 기적을 이룬다고 한다. 어린 애벌레, 즉 유충의 모습으로 되돌아가는 것이다.

이 과정을 확인하기 위해 노르웨이의 연구팀은 잔인한 실험을 진행했다. 빗해파리를 잡아다가 크게 다치

게 하거나 오랫동안 굶게 했던 것이다. 빗해파리로서는
이유도 모른 채 죽기 직전의 위기의 상황을 맞이했다.
극한의 상황 속에서 다친 해파리 15마리 중 6마리가
유충으로 역발육하였고, 기아 상태의 해파리는 15마리
중 7마리가 역발육했다. 유충이 된 해파리는 다시 성체
로 자랐는데, 성체가 되었을 때 또 다치거나 굶주리면
다시 유충으로 돌아갔다. 이론적으로 이 과정은 영원
히 반복할 수 있으니, 빗해파리는 영생을 사는 셈이다.

　이보다 이른 시기인 1980년대에 발견되어 '불사 해
파리Immortal Jellyfish'라고도 불리는 홍해파리도 노쇠하
면 다시 어린 시절도 돌아가는 것으로 밝혀진 바 있다.
빗해파리는 홍해파리와 함께 영원히 살 수 있는 동물
로 기록되었다.

　그런데 만약 인간이 해파리와 같은 역발육과 회춘
을 할 수 있다면 어떤 일이 벌어질까? 삶이 힘들 때마
다 다시 어린 시절로 돌아가는 것이다. 단, 여기에서 하
나 함께 고려해야 할 점이 있다. 어려진다는 것은 몸이
그간의 성장을 역행한다는 뜻이고, 그 과정에서 우리

　해파리는 영원히 살 수 있다

의 뇌 역시도 어린 시절의 깨끗한 뇌가 된다는 뜻이다. 요컨대 우리가 성장하며 머릿속에 저장해둔 기억도 역행과 함께 모두 사라진다.

나쁘고 슬픈 일만 잊는 게 아니다. 보람 있고 기쁜 일 역시 잊히고, 사랑하는 사람들의 얼굴도 다 지워진다. 과거에 내가 어떤 존재였는지도 알 수 없는 것이다. 즉 존재의 '초기화'와 다름없다.

과거의 내 기억이 사라진다면 그게 죽음과 뭐가 다를까. 만약 인간이 빗해파리처럼 스트레스가 심할 때마다 어린 아기로 돌아간다면, 인간은 영원히 사는 게 아니라, 영원히 죽는다고도 할 수 있겠다. 존재를 반복해서 지워내며, 반복된 죽음을 맞이하는 것이다.

영생을 사는 해파리를 부러워할 필요가 없다. 시작과 끝, 그 사이를 나만의 유일한 기억과 추억으로 차곡차곡 채우는 인생은 단 한 번뿐이라 귀하고 아름답다.

가장 약해 보이는 것이
가장 강하다

거미줄은 눈에 잘 보이지도 않을 정도로 가늘다. 잔잔한 바람에도 힘없이 이리저리 흔들린다. 또 거미줄을 손가락으로 문지르면 녹듯이 끊어진다. 산에 갔다가 얼굴이나 옷에 거미줄이 붙었던 경험이 있는 사람이라면 모두 알 법한 사실이다. 요컨대 우리가 실제로 보거나 경험하는 거미줄은 너무나도 연약하다. 사람의 머리카락이나 반짇고리의 얇은 실과도 견줄 수 없을 정도로 약할 것만 같다.

그런데 영화에서 보는 거미줄은 다르다. 연약하지 않을 뿐만 아니라 어마어마하게 강하다. 거미줄의 이러한 이미지는 영화 〈스파이더맨〉 시리즈 때문에 생겼다. 스파이더맨의 손목에서 나온 거미줄의 강도는 사람 무게를 지탱하는 정도가 아니다. 힘센 악당을 꽁꽁 묶어 놓을 수도 있다. 심지어 달리는 자동차나 지하철도 거미줄로 멈춰 세운다. 제아무리 힘이 센 악당도 스파이더맨의 거미줄을 끊어내지 못한다.

현실에서 우리가 보고 경험하는 거미줄은 너무나 약한데, 영화 속 스파이더맨의 거미줄은 무한하다 싶을 정도로 강하다. 어느 쪽이 거짓이고 어느 쪽이 진실인 걸까?

진실은 영화 〈스파이더맨〉에 더 가깝다. 즉 한없이 약해 보이는 거미줄이 실은 굉장히 강력하다는 것인데, 이는 이미 과학자들에 의해 오래전에 증명된 사실이다.

미풍에도 흔들리는 거미줄이 실은 강철보다 강하다면 믿을 수 있겠는가? 그냥 강한 정도가 아니라 어마어마하게 강하다. 동일한 단면 지름을 기준으로 하면 거미줄이 강철보다 다섯 배 더 강하다. 심지어 어떤 연구자들은 거미줄이 같은 무게의 강철보다 스무 배 더 질기다고 주장해서 세상을 놀라게 만들기도 했다.

거미줄과 모양이나 쓰임이 조금 더 비슷해 보이는 다른 대상과도 강도를 비교해보자. 바로 '케블라Kevlar' 섬유와의 비교다. 케블라 섬유는 세계적 화학 그룹인 듀폰Dupont이 만든 섬유로 방탄복을 만들 때 쓰인다. 그런데 거미줄은 케블라 섬유보다 네 배나 강하다. 거미줄을 뭉쳐 놓으면 총탄도 뚫지 못한다는 뜻이다.

더 놀라운 계산 결과도 있다. 보잉 747 비행기의 이름은 누구나 들어봤을 것이다. 미국의 항공기 제조사인 보잉에서 개발한 대표적인 장거리 대형 항공기다. 길이는 70미터 정도이며, 500명 내외의 승객을 태우고 마하 1에 가까운 속도로 날아갈 수 있는 강력한 항공기다.

그런데 거미줄을 연필 지름 두께로 뭉친 후 보잉 747에 쏴서 붙이면, 날아가는 보잉 747를 멈춰 세울 수

가장 약해 보이는 것이 가장 강하다

있다고 주장하는 연구자들이 있다. 인간으로서는 상상할 수도 없는 힘이다. 거미줄이 약해 보이는 것은 굵기가 사람 머리카락보다 얇기 때문인데, 거미줄을 두껍게 뭉친다면 비행기를 멈춰 세울 수도 있다. 총탄도 막아낸다. 아마 영화에서 스파이더맨이 했던 것처럼 자동차나 지하철을 멈춰 세울 때 쓰일 수도 있을 것이다.

요컨대 가장 약해 보이는 것이 가장 강력할 수도 있다. 사람도 똑같지 않을까? 누가 건드려도 아무 말 없이 당하기만 하는 아이가 사실은 제일 강한 것일지 모른다. 큰소리치는 사람보다는 나지막하게 속삭이듯 말하는 사람의 내면이 더 철옹성 같고 강력한 성채일 수 있다.

학교에서나 직장에서는 강하고 위압적으로 보이는 사람을 한두 명쯤 꼭 만나게 된다. 이들은 목소리가 크고 동작이 거칠다. 강력한 신념이 가슴에 있는 듯이 단호하게 말한다. 하지만 실상을 들여다보면, 강한 외면이 사실 그들의 약한 내면을 숨기는 포장일지도 모른다.

세상에서 가장 약해 보이는 것이 가장 강하다. 진정으로 강한 존재는 안다. 굳이 강하게 보일 필요 없다는 사실을, 자신의 강함을 타인에게 증명할 필요가 없다는 사실을 말이다.

평생 함께할 순 없어도
기억할 순 있다

긴 꼬리와 길쭉한 몸과 큰 머리를 갖고 있는 해마는 아이에게든 어른에게든 호기심을 불러일으킨다. 해마가 '바다의 말'이라고 불리는 건 그 큰 머리가 말의 머리를 닮았기 때문이다. 지구상에는 총 50종의 해마가 있는데 수명은 대부분 3년 정도이고 길이는 20~40cm까지 다양하다. 해마는 주로 먹을 게 많고 꼬리로 감아서 몸을 고정할 수 있는 바위나 해조류가 많은 얕은 바다에 서식한다.

해마의 몸은 비늘 대신 딱딱한 외골격으로 이루어져 있다. 하지만 해마는 물에 뜨는 데 사용되는 부레, 호흡에 쓰이는 아가미, 헤엄치는 데 필요한 지느러미를 갖춘 당당한 어류다. 몸이 실처럼 가늘고 뻣뻣해 느릿하게 헤엄치는 실고기가 진화해 해마가 되었다는 게 과학자들의 설명이다.

해마의 특징 중에서 가장 인상적인 게 두 가지 있다. 하나는 해마가 굉장한 로맨티스트라는 점이다. 해마 부부는 우아한 데이트를 자주 즐기며, 웬만하면 서로 배신하지 않고 평생 사이좋게 함께 산다.

로맨틱한 해마는 구애 의식도 길고 정성스럽기로 유명하다. 사랑에 빠진 해마 커플은 서로를 향해 헤엄쳐 다가가며 중간중간 몸의 색깔을 바꾼다. 가까워지고 나면 수컷이 암컷 주변을 돌면서 춤을 추고, 그다음에는 주변 물체를 꼬리로 붙잡고는 무용수처럼 함께 춤을 춘다. 해마의 데이트는 오랫동안 지속된다. 짝짓기 의식이 무려 8시간까지 이어지는 사례도 과학자들에게 목격되었다고 한다.

평생 함께할 순 없어도 기억할 순 있다

이어서 소개할 두 번째 특징은 이보다 더 놀랍다. 짝짓기를 마친 후 알을 돌보고 새끼를 세상에 내보내는 것, 즉 '출산'하는 것은 암컷이 아니라 수컷이라는 점이다. 수컷, 그러니까 아빠가 새끼들을 돌보고 키워서 세상 밖으로 내보내는 일을 맡는다.

물론 암컷의 역할도 중요하다. 암컷 해마는 평균 수십 개에서 수백 개의 알을 수컷 해마의 배에 있는 주머니에 낳는다. 그리고 수컷은, 종에 따라 다르지만, 최장 45일까지 공기와 영양분을 제공하면서 알들을 소중히 돌본다.

알이 부화하면 수컷은 배를 반복적으로 수축하면서 작지만 완전한 해마의 모습을 갖춘 새끼들을 세상에 내놓는다. 즉, 출산한다. 출산은 길고 피곤한 일이다. 어떤 종의 수컷은 12시간 동안 배를 수축하며 새끼를 낳는다. 어떤 아빠 해마는 무려 2천 마리의 치어를 출산하기도 했다. 수백수천 마리의 치어를 출산하는 광경이 마치 폭죽 터지는 모습 같다고 표현한 과학자도 있다.

이렇게 아빠를 떠난 새끼 치어들은 인간과 다르게 영영 부모에게로 다시 돌아오지 않는다. 부모의 도움 없이 바닷속을 스스로 헤엄치며, 스스로 성장해야 한다. 그렇다면 해마는 부모의 곁을 떠나자마자 영영 남남이 되는 것일까?

여기서 사람 뇌의 '해마'를 떠올려 본다. 사람의 뇌에서 해마는 기억을 담당하는 중요한 역할을 한다. 실제로 바닷속 해마와 그 모양이 닮아 이름 붙인 부위다. 뇌의 해마가 없다면 우리는 몇 분 전에 만났던 사람도 누구인지 기억할 수 없을 것이다. 해마가 있어 우리에겐 소중한 사람에 관한 기억이 남고, 그를 평생 그리워할 수도 있다.

인간 뇌의 해마처럼 바닷속 해마도 유년의 포근함을 기억할 수 있기를 바란다. 비록 태어나자마자 이별하고 말지만, 새끼 해마들이 아빠 배 속의 안온하고 따뜻한 기억을 평생 간직할 수 있다면 좋겠다.

평생 함께할 순 없어도 기억할 순 있다

5장

영원한 사랑을
너에게 줄게

서로 손을 잡고
자는 해달

해달은 여러 면에서 탁월한 동물이다. 먼저 털의 밀도가 동물계에서 1등이다. 1㎠ 안에 최고 16만 5천 가닥의 털이 밀집되어 있다. 말 그대로 물 샐 틈이 없다. 풍성한 털 덕분에 해달은 유유자적 바다를 누빌 수 있다.

해달에게는 도구를 쓰는 능력도 있다. 게를 씹어 먹을 수 있는 강력한 이빨을 가진 해달에게도 조개나 전복은 너무 딱딱하다. 해달은 이럴 때 돌을 꺼내 든다.

자기 배를 식탁 삼아, 그 위에 건져 올린 조개를 올려놓고 돌로 콩콩 찧어 깨뜨려서 맛있게 먹는다.

그런데 바다 위에서 적당한 돌을 구할 수 없을 땐 어떻게 할까? 준비성 좋은 해달은 이마저도 대비해 두었다. 해달의 앞발 아래 피부는 늘어져 있는데, 척 보기에도 주머니 같다. 해달은 자신이 가장 좋아하는 돌을 이 주머니에 넣고 다니다가 맛있는 조개를 깨 먹을 때 이곳에서 돌을 쓰윽 꺼내서 쓴다.

해달의 가장 사랑스러운 부분은 잠을 잘 때 발견할 수 있다. 해달은 가족이나 친구와 함께 바다에 누워서 잠을 자는데, 자는 동안 바다를 둥둥 떠다니다 보니 위험하고 곤란한 상황이 발생할 수밖에 없다. 한숨 자고 깨어나면 친구들이 해류에 떠내려가 사라질 수도 있는 것이다.

깨어 보니 혼자라면 얼마나 당황스러울까? 그래서 해달은 귀여운 해결책을 찾아냈다. 사람이 서로의 손을 잡듯이 서로의 앞발을 잡고 자는 것이다. 복잡한 놀이공원에서 엄마 손을 꼭 잡은 아이처럼 말이다.

　서로 손을 잡고 자는 해달

친구와 손을 잡고 떠다닐 수 없는 아직 어린 해달의 경우에는 더 특별한 수면 래프팅을 즐긴다. 엄마 해달의 배 위에 누워 잠을 청하는 것이다. 요컨대 새끼 해달은 바다 위를 둥둥 떠다니는 포근한 침대에 누워 쿨쿨 자고, 그와 동시에 멋진 항해를 즐기는 셈이다.

서로 손을 잡고, 서로의 체온을 나누며 잠들면 낯선 곳으로 떠내려가게 되더라도 괜찮을 수 있다. 익숙한 서로가 곁에 있으니, 고난을 어떻게든 헤쳐 나갈 수 있다.

친구를 위해
일부러 져주는 강아지

미국의 동물학자 카밀 워드Camille Ward 박사의 연구에 따르면, 강아지는 친구와 놀 때 자기가 더 힘이 세고 빠르다고 해도 친구에게 일부러 져준다고 한다. 강아지가 원하는 것은 승리가 아니라 오래 노는 것이기 때문이다.

연구에 따르면, 수컷 강아지들은 암컷의 주둥이를 핥는 행동을 자주 보인다. 이 행동은 강아지에게 위험할 수 있다. 자신의 약점이 드러나기 때문이다. 암컷이 수컷의 얼굴이나 입을 물면서 쉽게 공격할 수 있다. 그걸 알면서도 수컷 강아지는 무방비로 행동한다. 또한 수컷 강아지는 다른 강아지와 함께 달리거나 서 있다가 갑자기 쓰러지기도 한다. 이길 수 있는데도 일부러 넘어진다는 건, 몸싸움이나 달리기에서 굳이 이길 생각이 없다는 증거다.

강아지가 일부러 져주는 데에는 계산이 있다는 게 동물학자들의 설명이다. 소위 '큰 그림'을 그려놓고 있다는 것이다. 동물학자들에 따르면, 강아지는 놀이에서 져줄 때 속으로 이렇게 생각한다.

'내가 계속 이기면 저 애가 놀이에 흥미를 잃을 거야. 가끔 져 줘야 즐거워하며 나와 오래 놀아주겠지!'

누군가가 바보처럼 보인다고 해서 정말 바보인 것은 아니다. 수컷 강아지는 바보처럼 상대에게 공격 기회를 준다. 또 우스꽝스러운 꼴로 자빠진다. 그런데 그런 행동의 배후에는 치밀한 계획이 있다. 친구와 오래 놀면서 친해지고 싶은 것이다.

사람 사이도 마찬가지다. 가끔씩 져 줘야 관계의 균

형이 맞는다. 비단 연인 관계에서만 적용되는 문제가
아니다. 항상 이기려고 기를 쓰는 사람은 친구가 없다.
잘 지내려면 가끔 저 줘야 한다. 그래야 이긴다.

친구를 위해 일부러 져주는 강아지

향유고래는
인연을 잊지 않는다

향유고래는 지구상 최강의 사냥꾼이다. 육지의 사자와 호랑이는 향유고래 앞에서 명함도 내밀지 못한다. 향유고래는 수심 1km까지 내려가서 가오리, 문어, 심지어 대왕오징어까지 잡아먹는다.

무서운 완력과 사냥술을 갖고 있지만, 향유고래는 의외로 다정한 마음을 가지고 있다. 덴마크의 고래 연구가인 오르후스 대학의 세인 게로Shane Gero 박사가 2015년 발표한 논문에 따르면, 향유고래는 가족에 대한 사랑이 깊고 친구 고래도 소중하게 여긴다.

향유고래는 암컷이 무리를 이끄는데, 그들의 공동체는 오손도손 따뜻하다. 보통 7마리 정도가 한 무리를 이루고, 암컷 3세대가 함께하기도 한다. 할머니, 엄마, 그리고 손녀가 함께 여행을 다니는 것이다. 가족끼리 무리 지어 다닌다고 해서 다른 가족에게 배타적인 것도 아니다. 향유고래는 다른 고래 무리와 사귀고 친구가 되어 어울리기도 한다.

고래 연구자들에 따르면 향유고래는 가족이나 친구에 대한 기억을 오래 유지한다. 부득이하게 떨어져 살게 되어도 평생 그들에 관한 기억을 유지한다고 한다. 물론 잠깐 스쳐 지나간 고래를 포함한 모두를 기억할 수는 없겠지만, 가까이 붙어서 헤엄치거나 장난치면서 친해진 고래, 자신을 먹여주고 보호했던 가족에 대한 기억은 수십 년 동안 지속된다고 연구자들은 판단한다.

미국의 사회 운동가 엘리너 루스벨트Eleanor Roosevelt는 말했다.

향유고래는 인연을 잊지 않는다

"많은 사람이 우리 인생으로 들어오고 나간다. 하지만 진정한 친구만이 우리 심장에 발자국을 남긴다."

사람이건 고래건, 살면서 마주친 모든 인연을 기억하지는 않는다. 기억은 선별되어, 특별한 사람만이 오래 기억된다. 향유고래의 기억 속에 남은 또 다른 향유고래처럼, 다른 이의 마음에 발자국을 남겼다는 건 내가 그에게 특별한 사람이라는 뜻이다. 누군가의 기억에 남아 있는 삶만큼 보람 있는 삶이 또 있을까.

사람 얼굴을
기억하는 물고기

개나 오랑우탄이 사람 얼굴을 식별한다는 사실은 그리 놀랍지 않다. 그렇다면 비둘기는 어떨까? 동네 공원에만 나가도 비둘기들이 삼삼오오 모여서 햇볕을 즐기는 모습을 쉽게 볼 수 있다. 사람들 사이에서도 거침없이 걸어 다니는 담대한 비둘기는 이제 사람이 지나가든 말든 쳐다보지도 않는 것 같다.

그런데 행인에게 무관심해 보이는 비둘기도 사실 사람 얼굴을 쳐다보고 기억한다. 2012년 영국의 동물행동 연구가인 애나 윌킨슨Anna Wilkinson 박사는 비둘기가 사람 얼굴을 인식한다는 내용의 연구 결과를 발표했다. 연구에 따르면 비둘기의 얼굴 인식 능력이 발달한 이유는 생존을 위해서다. 먹이를 주는 사람과 해치려는 사람을 분별해야 비둘기의 삶의 질이 높아지기 때문이다. 신경 쓰지 않는 것 같아도, 공원의 비둘기들은 곁눈질로 사람을 살핀다. 그 곁눈질 덕분에 나쁜 사람이 다가오면 재빨리 달아날 준비를 할 수 있다.

조류보다 지능이 낮을 것 같은 물고기도 사람 얼굴을 안다. 옥스퍼드 대학교의 연구팀에 따르면 아처피시(일명 물총고기)를 훈련시켰더니 사람 얼굴을 구별하는 능력을 보였다고 한다. 곤충인 꿀벌도 사람 얼굴을 구분한다. 2013년, 미국의 생물학자인 미시건 대학 엘리자베스 티베츠Elizabeth Tibbetts가 주장한 바에 따르면, 훈련받은 꿀벌은 사람의 얼굴을 90% 확률로 구분했다고 한다. 심지어 이틀이 지나도 사람 얼굴을 기억했다.

고양이나 개가 사람 얼굴을 구별한다는 건 놀라운 일이 아니지만, 새와 물고기와 꿀벌도 얼굴을 알아본다는 사실은 놀랍다. 그렇다면 길을 가다 스치는 나비, 잠자리, 까치, 참새도 우리의 얼굴을 알아볼 것이다. 내 머리 위에 나를 알아보는 동물이 수십 마리가 날아다니고 있는 것이다.

도시의 사람들은 하루 수백수천 명을 스쳐 지나지만, 서로의 얼굴을 보지 않는다. 우리는 서로에게 얼굴 없는 존재들이다. 그런데 어떤 동물들은 우리의 얼굴을 보고 기억한다. 감시당하는 것일까, 관심받는 것일까? 동물들이 우리의 얼굴을 기억한다고 해서 걱정할 필요는 없다. 사람과는 달리, 전선 위의 새들은 나를 구경만 할 뿐 험담할 것 같지는 않으니까.

사람 얼굴을 기억하는 물고기

펭귄은 가족의
목소리를 안다

펭귄은 귀를 가지고 있을까? 생김새만 보면 귀가 없는 것처럼 보이지만, 사람 눈에 보이지 않을 뿐 펭귄도 분명히 귀가 있다. 깃털로 덮여 있어 눈에 띄지 않을 뿐, 머리 양쪽에 귓구멍이 존재한다. 귓구멍만 있고 귓바퀴나 귓불은 없으니 펭귄의 청력이 나쁘지 않을까 의심스러울 수 있다. 하지만 사실 펭귄은 청력이 아주 뛰어나서 물속에서도 소리를 아주 잘 듣는다.

펭귄은 다른 펭귄을 식별할 때도 청력을 이용한

다. 즉, 목소리를 듣고 펭귄들을 알아보는 것이다. 이렇게 뛰어난 청력 덕분에 펭귄은 가족을 쉽게 알아볼 수 있다.

바다로 나갔다가 돌아오는 엄마나 아빠 펭귄을 생각해보자. 눈앞에 수천 마리의 펭귄들이 있다. 다들 비슷하게 생겼고, 심지어 같은 자세로 서 있다. 자신의 가족이 맞는지 확인하기 위해 하나하나 눈으로 살펴보아야 한다면 시간이 굉장히 많이 걸릴 것이다. 하지만 펭귄은 제 짝과 자식을 잘도 찾아간다. 가족의 목소리를 정확히 알아듣는 능력 덕분이다.

나에게 상처 주는 사람들의 모진 말에 시달리다 보면, 종종 나를 아끼는 사람도 존재한다는 사실을 잊을 때가 있다. 수천만 명의 목소리 중 내가 기억하는 몇 가지의 목소리를 떠올려보자. 힘들 땐 그 목소리를 좇아 포근한 품에 기대어 보자. 거친 바다를 헤엄치고 돌아온 지친 펭귄이 가족의 목소리를 따라 뒤뚱뒤뚱 달려가 따뜻한 품에 안기듯이.

펭귄은 가족의 목소리를 안다

나무에게도
마음이 있다

코앞에서 입을 떡 벌리고 있는 호랑이를 본 사슴의 마음은 어떨까? 아마 후덜덜 떨릴 것이다. 슬픔이나 후회 같은 복잡한 감정은 느끼지 않는다고 해도, 적어도 스트레스와 공포감에 휩싸일 것은 분명하다.

이번에는 나무의 잎사귀를 먹고 싶은 사슴이 나무에 접근해서 입을 쩍 벌렸다고 하자. 나무의 심정은 어떨까? 나무는 식물이니 아무 생각이 없을까? 사람이 나무의 마음을 속속들이 알 수는 없지만, 물증을 갖고 과학적인 추론을 할 수는 있다. 과학자들에 따르면 사슴이 접근할 때 나무는 적극적으로 자신을 보호하기 시작한다. 나무 역시 사슴에게 먹히는 것을 두려워하기 때문이다.

사슴이라는 천적으로 인해 잎사귀를 잃을 위기에 처한 나무는 두 가지 대응을 한다. 먼저 살리실산salicylic acid을 분비한다. 살리실산은 단백질 생산을 자극하여 다친 부위를 다시 자라게 하는 물질로 사람의 상처에 살이 돋게 하는 치료약과 비슷하다. 나무 입장에서는 나뭇잎이 뜯기는 게 상처받는 일과 마찬가지이니, 사슴이 나뭇잎을 뜯어 먹으면 나무는 자기가 만든 치료제를 스스로 만들어 바른다.

두 번째로 나무는 떫은맛이 나는 타닌tannin을 분비한다. 일부러 이파리를 맛없게 만드는 것이다. 나뭇잎이 맛없게 느껴지면 사슴은 다시 오지 않을 것이기 때문이다. 어쩌면 나무는 사슴에게 목소리 높여 외치고 싶은 게 아닐까. "맛없어. 먹지 마. 그러니 두 번 다시 오지 마."

나무에게도 마음이 있다

우리는 나무에게 마음이 없다고 생각한다. 나무는 동물도 아니니, 잎을 뜯거나 가지를 부러뜨려도 무념무상, 아무 감정도 갖지 않을 것이라고 믿는다. 하지만 과학자들의 연구에 따르면, 인간의 생각이 틀렸을 수도 있다. 나무도 위험이 다가오면 두려움을 느끼고 상처가 나면 아파할지도 모를 일이다.

그렇다면 반대로 나무가 기뻐할 때도 있지 않을까? 우리가 마른 흙에 흠뻑 물을 주고, 시든 잎을 골라내며 보살피면 나무는 사람에게는 들리지 않는 목소리로 웃고 고마워할지도 모른다. 나무의 행복한 마음을 상상하면 우리도 따라서 행복해진다. 모든 생명에게 다정해야 하는 이유다.

아픔을
잊어버리는 방법

스웨덴에서는 헌혈을 하고 얼마 지나지 않아 특별한 문자가 도착한다. '당신의 혈액이 사용되었습니다.'라는 소식을 알리는 문자다. 혈액 사용 통지 문자는 2012년 스웨덴 살그렌스카 대학 병원에서 처음 시작되었고, 2015년부터 스톡홀름 혈액원인 블로드센트랄렌에서도 시행하고 있다.

이런 문자 서비스는 헌혈자가 보람을 느끼게 한다. 자신이 기증한 혈액이 누군가를 살렸다는 소식을 전달

받으면 기분이 좋아질 수밖에 없다. 기회가 되면 또 헌혈을 해서 남을 돕고 싶어질 것이다.

헌혈 말고도 남을 돕는 길은 많다. 틈틈이 시간 여유를 내어 일상생활이 어려운 이나 집을 잃은 동물을 돕는 자원봉사 활동을 할 수도 있고, 시간이 부족하다면 돈이나 물품을 기부할 수도 있다.

이는 모두 '남'을 돕기 위한 행동이다. 그런데 엄밀히 따져 보면, 남을 돕는 건 곧 '나'를 돕는 일과 같다. 남을 도우면 나에게도 이점이 있기 때문이다. 가장 즉각적으로 얻을 수 있는 이익은 행복감, 자긍심, 보람 같은 좋은 감정들이다. 하지만 이보다 더 중요한 것은, 타인을 도움으로써 '내 마음의 병'을 치료할 수 있다는 것이다. 퓰리처상을 수상한 20세기 중반 미국 소설가 실비아 플라스Sylvia Plath가 말했다.

"어려운 사람을 도우면, 자기 생각을 너무 많이 하는 병을 치료할 수 있다."

우리가 마음의 병을 앓는 이유 중 하나는 자기 자신에 관한 생각을 너무 많이 하기 때문이다. 자신에 대한 생각이 많으면 필연적으로 고통이 따른다. 예를 들어 '내가 잘될까?'라는 생각을 반복하는 사람은 불안감이 커질 수밖에 없다. 예측할 수도, 통제할 수도 없는 미래에 대한 걱정이 머리를 가득 채우기 때문이다. '나는 왜 이렇게 바보 같을까?'라며 자책하는 경우는 자신감을 잃게 된다. 무언가를 잘 해내더라도 그 안에서 사소한 실수만을 돋보기로 확대해서 보게 되기 때문이다. 또 '나에겐 왜 이렇게 불행한 일들만 일어날까?'라고 반복해서 물으면 깊은 자기 연민과 우울에 빠진다. 내 인생이 잘 풀리지 않는 이유만 수십 가지를 써내려가게 되고, 삶의 긍정적인 측면은 무시하게 되기 때문이다.

자기 생각을 줄여야 마음이 건강해진다. 어려운 사람들을 돕다 보면 방구석에서 나홀로 생각에 골몰할 시간이 줄어들고, 그들과 말과 체온을 나누다 보면 이제껏 내가 빠져 있었던 자기 연민이나 자기 걱정이 사실 별것 아니었다는 걸 알게 된다. 자연히 자신에 대한 걱정이 줄어드는 것이다. 에이브러햄 링컨은 말했다.

아픔을 잊어버리는 방법

"남의 아픈 마음을 달래주면, 나의 아픔이 잊힌다."

나의 걱정과 아픔을 까맣게 잊어버리는 방법은 생각보다 쉽고 따뜻하다. 힘든 사람들을 돕는 순간, 어두웠던 마음이 행복으로 화사하게 가득 찬다. 아파하는 친구나 가족을 따뜻하게 보듬으면 나의 아픔도 치유된다. 내 마음을 고치는 일은 이렇게나 쉽다. 서로를 돌보고, 돕는 과정에서 자기 자신의 걱정은 씻어내며, 지금까지 인류는 멸종하지 않을 수 있었다.

어떤 할머니의
장수 비결

영국 일간지 〈텔레그래프The Telegraph〉의 2016년 3월 자 칼럼에 소개된 사연이다. 한 할머니가 진료를 받으러 병원에 갔다. 의사는 할머니가 손에 쥐고 있는 큰 지갑을 보고는 말했다. "할머니는 부자이신가 봐요." 할머니는 자신 있게 답했다. "그럼요."

그런데 지갑만 클 뿐 할머니는 아주 검소하게 살았다. 침실이 두 개인 집에서 남편과 살며 자녀를 길렀다. 비싼 음식은 사 먹지 않았고, 고가의 물건도 사지 않았다. 하지만 할머니는 자신이 큰 부자라는 사실을 믿어 의심치 않았다. 사랑하는 남편과 자녀, 그리고 손주들이 있었기 때문이다. 사랑 부자였던 할머니는 건강하게 장수했다고 한다.

사랑하는 사람들이 주변에 있으면 부자보다 더 잘 살고 오래 산다. 미국 하버드 대학의 정신과 의사 로버트 왈딩어Robert Waldinger가 75년 치의 자료 분석을 통해 확인한 사실이다. 따뜻하고 깊은 인간관계를 많이 맺은 사람이 행복하게 장수한다. 반대로 인간관계가 나쁘거나 친한 관계가 없는 사람은 단명했다.

장수의 필수 조건이 금연이라고들 말한다. 운동과 균형 잡힌 식사도 물론 중요하다. 하지만 사랑 넘치는 인간관계도 금연이나 운동 못지않은 장수의 조건이다. 달리 말해서 운동하는 게 끔찍하게 싫은 사람에게도 행복한 장수의 가능성은 남아 있다고 할 수 있다. 사랑을 하면 된다. 친구, 애인, 부모, 자녀가 나의 수명을 연장해줄 수 있다.

사랑은 장수뿐 아니라 인생의 행복도 가져온다. 미

국의 라디오 프로그램 진행자이자 작가인 톰 보뎃Tom Bodett은 행복한 인생의 세 가지 조건을 다음과 같이 말했다.

"이 세상에서 진정 행복하기 위해서는 세 가지만 있으면 된다고 합니다. '사랑할 사람', '할 일', '희망'이 그것입니다."

누군가를 사랑한다면 이미 엄청난 일을 해낸 것이다. 인생의 1/3을 성공한 것과 다름없다. 이제 두 가지만 갖추면 된다. '할 일'과 '희망', 이 두 가지가 우리의 행복한 인생을 완성할 것이다.

어떤 할머니의 장수 비결

죽은 사람도
목소리를 듣는다

여기 한 사람이 죽어가고 있다. '죽는다'라고 하면 왠지 무섭고 엄숙하게 들리겠지만, 사실 과학적으로 죽음은 별것 아니다. 감각의 상실이 곧 죽음이다. 죽음에 다다른 사람은 여러 감각을 영구히 잃는다. 허기에 무감각해지고, 앞이 안 보이고, 촉각이 무뎌지며, 가족의 냄새가 사라지고, 목소리도 들리지 않게 된다. 어찌 보면 죽음은 잠자는 것과 비슷해 보인다.

잠이 들면 좀 배가 고파도 잘 못 느끼고, 앞을 볼 수 없고, 주변의 말소리도 안 들린다. 어쩌면 사람들은 잠을 자면서 죽음의 일단을 체험하는 것인지도 모른다.

물론 죽음과 수면은 본질이 다르다. 수면은 죽음과 달리 한시적이다. 피곤한 하루를 보내고 기절하듯 잠에 들었다가도 아침에는 언제 그랬냐는 듯 일어난다. 하지만 평생을 살아내느라 힘이 다 빠졌을 때 맞이하는 죽음은 다르다. 까무룩 곯아떨어져서 다시는 깨지 않는다.

우리는 죽을 때 곯아떨어지듯이 감각을 잃는다. 그런데 감각들을 잃는 데에도 순서가 있다고 한다. 어떤 감각은 빨리 잃고, 다른 감각은 천천히 소실되는 것이다. 이 순서를 직접 연구한 학자도 있다.

미국 스탠포드 대학교의 교수 제임스 할렌베크 James Hallenbeck에 따르면 죽음이 임박한 사람은 제일 먼저 허기와 갈증을 느끼지 못한다. 입맛이 없어지는 것이다. 내 몸이 나의 운명을 미리 아는 것일까? 앞으로 살아 있을 시간이 오래 남지 않은 것을 몸이 미리 알아채고, 필요 없는 음식을 거부하는 것만 같다.

죽은 사람도 목소리를 듣는다

입맛 다음으로는 말을 잃게 된다. 말하고 싶은 게 있는데 혀끝에서 맴돌 뿐이다. 아무리 애를 써도 "미안하다", "고맙다"라는 말이 목에서 빠져나가지 못한다. 무척 애석한 일이다. 그러니 꼭 해야 말이 있다면 일찍 해둬야 한다. 죽을 날이 얼마 남지 않았다 싶으면 수다스럽게 사랑과 감사의 말을 다 쏟아내야 하는 것이다. 그럴 기회가 곧 닫히기 전에 말이다.

말문이 막힌 뒤에는 앞이 보이지 않게 된다. 눈앞이 깜깜해서 손주나 친구의 얼굴을 알아볼 수가 없다. 그리고 마지막으로 잃게 되는 감각은 촉각과 청각이다.

죽음의 문턱을 넘을 때, 우리는 말도 못 하고, 앞을 볼 수도 없다. 그런데 촉각은 마지막까지 버틴다. 즉, 앞이 보이지 않아도 내 손을 꼭 잡은 이의 체온은 전해지는 것이다. 내 볼에 닿은 손길도 느낄 수 있다. 게다가 더 고마운 것이 있다. 청각이 끝까지 살아남는다는 것이다.

요컨대 우리는 '사랑한다'는 환송을 들으며 세상을 떠날 수 있다. 삶의 끝에서 '감사하다'거나 '미안하다'

는 고백도 들을 수 있다.

영어권 호스피스 사이트를 보면, 가족의 죽음이 임박했을 때, 그에게 전하고 싶은 말을 끝까지 하라고 권고한다. 사랑하는 사람이 생사의 경계를 넘는 순간에도 사랑한다는 말을 끝까지 해줘야 한다. 그가 우리의 말을 들을 수도 있기 때문이다.

사랑하는 사람을 잃는 일만큼 슬프고 아쉬운 일은 없다. 하지만 그의 마지막 순간에 사랑한다고, 덕분에 참 행복했노라고 속삭여줄 수 있어서, 소중한 이의 먼 여행길을 다정하게 배웅해줄 수 있어서 참 다행인 일이다.

죽은 사람도 목소리를 듣는다

타인의 마음을
움직이게 만드는 법

낯선 사람을 만나는 일은 힘들다. 긴장이 되고 무섭기도 하다. 하지만 인간으로 태어난 이상, 낯선 이를 만나지 않으면 할 수 있는 게 아무것도 없다. 일도 사랑도 다 모르는 사람과 만나 시작하는 것이다. 가장 친한 친구도 처음에는 낯선 사람이었다.

일 때문에 만났든 소개팅을 하든 처음 만난 사람이 나를 좋아하게 만들면 도움이 될 것이다. 좋아해달라고 매달릴 이유는 전혀 없지만, 상대가 나에게 호감을 느끼게 한다면 일도 사랑도 잘 풀릴 게 분명하다.

어떻게 해야 낯선 사람이 나에게 호감을 느끼도록 할 수 있을까? 캐나다 빅토리아 대학의 심리학자인 다누 앤서니 스틴슨Danu Anthony Stinson이 2009년 발표한 논문에 따르면, 사람에게 호감을 얻는 깜짝 놀랄 정도로 단순한 방법이 있다. '저 사람이 나를 좋아할 것이다.'라고 스스로 생각하는 것이다. 요컨대 '저 사람은 나를 좋아한다.', '저 사람은 나에게 호감을 느끼고 있다.'라고 스스로에게 최면을 거는 것만으로도 타인의 마음을 내 마음대로 조종할 수 있다. 실제 그 사람의 마음이 그렇지 않았더라도 말이다. 왜 이런 현상이 발생하는 것일까?

상대가 나를 좋게 볼 것이라고 나 스스로 믿는다고 가정해보자. 내 마음이 여유롭고 푸근해지고, 이에 따라 자연히 따뜻하게 말하고 행동하게 될 것이다. 자신을 다정하게 대하는 사람을 미워할 수 있는 사람은 거의 없다. 따라서 상대가 날 좋아할 확률도 덩달아서 높아진다. 반대로 상대가 나를 싫어할 것이라 믿으면, 실

타인의 마음을 움직이게 만드는 법

제로 상대가 그런 생각을 하고 있지 않더라도 나는 경계심을 느끼고, 표정도 어둡게 짓게 될 것이다. 또 말투도 차가워질 것이 분명하다. 표정이 차갑고, 건네는 말이 냉정한 사람을 좋아해줄 사람은 거의 없다. 상대는 내가 예상한 대로 나를 싫어하게 될 것이다.

우리에게는 우리가 몰랐던 초능력이 있다. 내 생각대로 상대의 마음을 움직일 수 있다. 사람들과 잘 지내고 싶다면, 그들이 나를 좋아할 것이라는 긍정적이고 따뜻한 마음으로 관계에 임하면 된다. 모두가 나를 미워할 것이라는 생각으로 다가오는 사람조차 밀어내지는 말자. 우리는 모두 사랑받을 자격이, 능력이 있는 사람들이니까.

달콤하고 영원하고
행복한 것

　20살에 왕위에 올라 32살의 젊은 나이에 숨을 거둔 정복자 알렉산드로스 대왕의 시신은 사람 모양의 관에 넣어졌다. 그리고 그 관에는 꿀이 가득 차 있었다. 당시 사람들이 꿀에 상처를 치유하는 신비한 힘이 있다고 믿었기 때문이다. 또한 사람들은 왕의 영생을 기원하며 관을 꿀로 채웠을지도 모른다. 꿀은 영원하기 때문이다.

　순수한 꿀은 상하지 않는다. 고기, 쌀, 채소 등 사

람이 먹는 것은 시간이 지나면 모두 상해서 먹을 수 없는 것으로 변하는데, 단 하나의 예외가 바로 꿀이다. 조건만 맞으면 영원히 변질되지 않는 꿀은 실로 기적과도 같은 음식이다.

꿀이 썩거나 상하지 않는 이유에는 두 가지가 있다. 첫째로는 꿀에 수분이 거의 없기 때문이고, 둘째로는 꿀이 산성이기 때문이다. 이 조건으로 인해 꿀에는 미생물이 살 수 없다. 그래서 완벽한 형태의 꿀은 썩을 수 없다. 하지만 꿀이 영원하기 위해서는 주의해야 할 조건이 하나 있다. 수분이 섞이지 않도록 건조한 곳에 보관해야 한다. 우리가 평소에 먹는 꿀에 유통기한이 있는 것은 바로 이 조건을 충족하기가 어려운 탓이다.

"인생이 꽃이라면 사랑은 꿀에 해당한다."라고 프랑스의 대문호 빅토르 위고Victor Hugo가 말했다. 사랑은 꿀처럼 달콤하다. 인생에 뜨거운 행복감을 채우는 것이 사랑이다. 그런데 사랑이 꿀보다 나은 점도 하나 있다. 영원하기 위해 완벽한 조건이 필요하지 않다는 점이다.

우리는 누군가와 평생 함께하기 위해 그 사람과 딱 맞는 사람이 될 필요가 없다. 좋은 사람과의 관계는 조금 맞지 않는 부분도 이해하게 하고, 약간의 실수도 봐주게 한다. 실수로 수분이 첨가되거나 환경이 다소 습하더라도, 서로라는 이유로 고난을 이겨낼 수 있는 것이다. 이런 면에서 사랑은 꿀보다 조금 더 달콤한 것인지도 모른다.

한편 '꿀' 하면 '곰돌이 푸'도 빼놓을 수 없다. 곰돌이 푸의 원작자 A.A. 밀른A.A. Milne의 책을 보면 푸가 자신이 '가장 좋아하는 것'이 뭔지 결정하지 못해서 난처해하는 장면이 나온다. 곰돌이 푸가 가장 좋아하는 것은 물론 '꿀을 먹는 일'이다. 그런데 푸에게는 가장 좋아하는 순간이 하나 더 있다. 바로 '꿀을 먹기 직전의 순간'이다. 때로는 꿀을 먹고 있을 때보다 꿀을 먹기 전 기대하는 시간이 더 좋다고 푸는 생각한다.

꿀을 먹는 동안이 좋을까? 아니면 꿀을 먹기 전이 더 좋을까? 참 어려운 질문이다. 애인을 만나는 동안이 더 행복할까? 아니면 애인과 만나기 5분 전이 더 행복

달콤하고 영원하고 행복한 것

할까? 아기를 꼭 껴안을 때와 아기가 나를 향해 아장 아장 걸어 올 때 중에서 어느 쪽이 기쁠까?

그런데 사실 우리는 더 기쁜 순간을 고를 필요가 없다. 사랑하는 이를 기다리는 순간도, 사랑하는 이와 함께하는 순간도 소중히 하면 된다. 그러면 인생을 두 배의 기쁨으로 채울 수 있다.

외로울 수 있어야
다정할 수 있다

노르웨이의 영화감독 리브 울만Liv Ullmann은 이런 말을 남겼다.

"누군가와 함께 깨어났는데 여전히 외로운 것보다는 차라리 혼자 깨어나는 것이 낫다."

외롭고 싶은 사람은 아무도 없다. 좋은 사람들과 함께하고 싶은 것이 사람의 본성이다.

동물의 본능은 어떨까? 종에 따라 고립을 특히 못 견디는 동물이 있을 것이다. 어떤 사람들은 그런 동물

외로울 수 있어야 다정할 수 있다

이 외롭지 않도록 보살피는 게 인간의 의무라고 생각한다. 스위스에서 그 예를 찾을 수 있다.

스위스에서는 무리 지어 사는 습성이 있는 사회적 동물의 경우 한 마리만 기를 수 없다. 한 마리만 기르면 동물 학대 행위로 처벌받는다. 2008년 시행된 스위스의 동물보호법은 한 마리만 기르면 안 되는 동물을 정해 놓았는데, 기니피그, 생쥐, 친칠라, 앵무새, 금화조 등이 여기에 해당한다. 모두 무리 지어 사는 습성이 있고, 친구와 함께 살아야 행복한 동물들이다.

토끼의 경우 반드시 여러 마리를 함께 키울 필요는 없지만, 입양을 한 첫 8주 동안은 혼자 있게 하지 말아야 한다. 그 뒤에도 가능하면 친구를 함께 입양하는 것을 권고하지만, 만약 사정상 어렵다면 가끔 다른 토끼의 소리를 듣고 냄새를 맡게 해야 한다.

그런데 혼자인 사람은 어떻게 해야 하나? 다행히도 사람은 동물과는 조금 다른 습성을 지닌다. 함께 있고 싶은 게 사람의 본능이지만, 때로는 고독도 필요하다. 《연금술사The Alchemist》의 저자 파울로 코엘료Paulo

Coelho가 고독이 이로운 이유를 설명한다.

"혼자 있지 않으면 자신을 절대 알 수 없다. 또 자신을 모르면 공허를 무서워하게 된다."

타인의 무리와 섞여 있는 동안에는 진정한 내 모습을 볼 수 없다. 혼자 있어야 자신을 알게 되고, 인생의 공허 앞에서 흔들리지 않는 힘을 얻게 된다.

우리는 인간이기에 외로움을 즐길 수 있다. 또한 외로움을 즐길 줄 아는 사람은 누군가와 함께할 때의 기쁨도 더 제대로 만끽할 수 있다. 때때로 외로움을 느낀다고 해서 인생을 잘못 살고 있는 것은 아니라는 사실을 기억해야 한다. 우리는 외로울 수 있어서 다정할 수 있는 동물이다.

외로울 수 있어야 다정할 수 있다

나무는 서로를
외면하지 않는다

살인자가 된 아들이 있다. 엄마는 더 나쁜 짓을 저질러서라도 아들을 구하고 싶어한다. 곧 엄마의 간절한 꿈은 이루어진다. 아들이 혐의를 벗고 풀려난 것이다. 그런데 문제가 생겼다. 다른 청년이 아들 대신 죄를 뒤집어쓰고 말았다. 그 억울한 청년을 면회하러 간 엄마가 물었다. "넌 엄마 없니?" 봉준호 감독의 영화 〈마더〉에 나오는 대사다. 이 질문을 우리 곁의 나무에게도 한번 물어보고 싶다. "넌 엄마 없니?" 나무는 답할 것이다. "그런 걸 왜 물어? 엄마 없는 나무도 있니?"

나무에게도 엄마가 있다. 엄마 나무는 아기 나무들과 대화하고, 먹을 것도 보내준다. 자신들만의 방식으로 사랑하고 용기도 심어준다. 캐나다 브리티시컬럼비아 대학의 생태학 교수 수잔 시마드Suzanne Simard의 주장이다.

여기서 먼저 짚고 가야 할 것이 있다. 시마드 교수의 연구 결과에 의하면, 나무의 세계에서는 종이 다른 자작나무와 전나무도 땅속의 곰팡이류를 자신들만의 네트워크로 이용해 의사소통하고, 서로 영양분을 나눈다. 예를 들어서 자작나무가 시들해져 잎을 잃을 때면 근처의 전나무가 뿌리를 통해 나무의 주된 영양분인 탄소를 공급하고, 그늘진 곳에 자라는 전나무에게는 자작나무가 탄소를 나누어주기도 한다. 어려움을 겪는 친구들에게 지금 무엇이 필요한지 알아서 파악하고, 알아서 돕는 것이다.

그리고 이러한 숲의 세계에는 '엄마 나무'가 존재한다. 단, 사람처럼 자녀를 낳고 성장시키는 개념의 부모

나무는 서로를 외면하지 않는다

는 아니다. 숲에서 가장 크고 나이가 많은 나무가 엄마 나무의 역할을 하는데, 이 나무가 이제 막 자라기 시작하는 아기 나무들을 성심껏 돌본다.

시마드 교수의 연구팀은 엄마 전나무가 숲의 어린 나무들에게 탄소를 전달하는 것을 확인했다. 또 엄마 나무는 어린나무들의 생존 공간을 마련해주기 위해 자신의 뿌리 구조를 바꾸기도 한다. 어린나무가 뿌리를 넓고 깊게 뻗으며 무럭무럭 자랄 수 있도록 일부러 자신을 웅크리는 것이다. 엄마 나무가 어린나무를 배불리 먹이고 자기 자신은 불편을 감내하는 모습은 인간의 엄마와 꼭 닮아 있다.

사람이 보기에 나무들은 다 따로따로 고립되어 각자의 삶을 사는 것 같지만, 사실 그게 아니다. 나무는 서로 간의 연대를 통해 고유한 방식으로 상호작용한다. 이를 '우드 와이드 웹Wood Wide Web'이라는 명칭으로 부르는데, 쉽게 말하자면 나무들의 인터넷망이다. 사람들이 월드 와이드 웹World Wide Web, 즉 인터넷으로 연결되어 있는 것처럼 우드 와이드 웹이 나무들을 연결시킨다. 많은 과학자들이 존재를 인정하는 이 나무의 네트워크는 나무뿌리, 진균류, 박테리아로 이루어져 있다.

지구에는 약 3조 그루의 나무가 있다. 81억 명에 불과한 인간에 비하면 어마어마한 숫자다. 이들 나무는 서로에게 무관심하지 않다. 침묵하지도 않는다. 지금 이 순간에도 지구 구석구석의 나무들은 소근소근 대화하며 먹을 것과 마음을 나누고 있다.

나무는 서로를 외면하지 않는다

우린 너무 쉽게 불행하고
어렵게 행복하지

초판 1쇄 인쇄 2025년 03월 17일
초판 1쇄 발행 2025년 03월 24일

지은이 이정
펴낸이 이부연
총괄디렉터 백운호
책임편집 윤다희
표지디자인 데시그

펴낸곳 (주)스몰빅미디어
출판등록 제300-2015-157호(2015년 10월 19일)
주소 서울시 서대문구 충정로 35-17, 인촌빌딩 5층
전화번호 02-722-2260
인쇄·제본 갑우문화사
용지 신광지류유통

ISBN 979-11-91731-77-4 (03810)